목차

파일21 괴이에 관한 중간발표 **3**

파일22 Toilet Paper Moon **57**

파일23 달의 장송 **189**

참고문헌 253

이세계
Otherside
Picnic 피크닉
달의 장송

미야자와 이오리
Iori Miyazawa

이세계
Otherside
Picnic?
피크닉
달의 잠혼

이름이 무서운 것

파란 웅덩이. 계곡 동굴. 판자 벽. 쇠. 흙덩이. 번개는 이름뿐만 아니라 굉장히 무시무시하다. 폭풍. 불상운. 혜성. 소나기. 황야.

강도. 이건 어떤 부분에서 봐도 무섭다. 난종. 대부분의 사람들이 무서워한다. 망치. 이것 또한 어디서 봐도 무섭다. 생령. 뱀딸기. 도깨비고사리. 귀신마. 가시나무. 탱자나무. 돌숯. 우시오니. 닻은 이름보다 생긴 게 더 무섭다.

『마쿠라노소시』148단

괴이에 관한 중간발표

1

"카스미를 맡기로 했어."

코자쿠라가 갑작스레 말하는 바람에 프라이드 치킨을 먹던 손이 멈췄다. 고개를 들어 보니 토리코도 나처럼 입 주변에 튀김옷 부스러기를 묻힌 채 눈을 크게 뜨고 있었다. 장갑을 벗고 있었기에 맨살이 드러나 있던 왼손도 기름으로 더러워져 있었다.

코자쿠라 저택, 낯익은 다이닝 키친. 테이블에 둘러앉아 있는 건 집주인인 코자쿠라, 나, 토리코까지 세 명이었다. 〈절에서 태어난 T씨〉를 물리친 후 이틀이 지난 오늘 저녁, 우린 또다시 아지트가 되어버린 이 저택을 찾았다. 이유는 여느 때처럼 뒤풀이. 오늘의 메인 음식은 켄터키 치킨 박스였다.

이세계에서 귀환 후, 토리코가 꼭 참석하고 싶어 하던 이 모임은, 지속하다 보니 어느덧 모임을 갖지 않으면 나까지 좀 불안해질 정도가 되고 말았다. 습관의 힘은 무섭다고나 할까. 이상한 환경에서 일상으로 돌아오기 위한 우리 나름의 의식 같은 것일지도.

입 안에 있던 레드 핫 치킨을 삼키고 나서야 겨우 말을 할 수 있게 되었다. 나는 향신료로 인해 얼얼해진 입술을 핥은 후에 물었다.

"맡겠다니, 여기서요?"

"응."

"이 집에서?"

"그럼 안 돼?"

"안 된다기보단……왜 그렇게 되는 건데요?"

"계속 DS연구소에 놔둘 수도 없잖아."

코자쿠라가 퉁명스럽게 말하며 손을 멈춘 우리는 무시한 채 다음 치킨을 뜯었다.

나랑 토리코가 이세계에서 데리고 돌아온 여자아이, 카스미. 처음엔 이세계에서 길을 잃은 평범한 아이인 줄 알았지만 결국 신원이 판명되지 않았기 때문에 마음대로 이름을 붙였다. 나이는 아직, 기껏해야 초등학교 저학년 정도? 본인이 아무것도 알려주지 않았기 때문에 이것도 추측이었다.

"분명 그럴지도 모르지만……."

"거긴 어린애가 마음대로 돌아다니기엔 너무 위험해. 안 그래도 무슨 일이 일어날지 모르는데. 본인은 무사하다 해도 주변 어른들 위장에 구멍이 날걸."

카스미는 현실 세계와 중간 영역을 자유롭게 오갈 수 있었다. 우리가 보호(?)한 이후, DS 연구소 건물에서 돌보고 있었지만 그 능력으로 어디든 출입했기에 위태롭기 그지없었다. 엄중하게 폐쇄된 이세계 이물 보관창고도, 제4종 접촉자 병실도 카스미에게는 활짝 열린 놀이터였다.

게다가 병동 안쪽에는 우루미 루나도 있었다——.

루나의 방에 들어갔을 때, 카스미가 직접 귀를 막고 있었으니 루나의 〈목소리〉가 위험하다는 건 아무래도 이해하고 있는 듯했다. 하지만 그 〈목소리〉는 내 눈과 토리코의 손길이 닿지 않으면 피할 수 없는 성가신 것이었다. 귀를 틀어막는 것 정도로 막을 수 있을 것 같지 않았다.

루나가 카스미의 능력을 인식하면 틀림없이 손에 넣으려고 하겠지. 그 녀석은 밖으로 나오고 싶어 한다. 지금은 얌전히 있는 것처럼 보이지만 계속 유폐된 입장에 만족하고 있을 만한 그릇이 아니었다.

"어차피 카스미의 능력을 컨트롤할 수 있는 인간은 없지만 여기라면 그 아이가 시프트를 하더라도 DS 연구소에서 하는 것보다 위험은 적으니까."

코자쿠라는 카스미의 능력을 시프트라고 부르게 되었다. 세계의 양상——혹은 레이어? 라고 말하면 될까, 현실의 다양한 **형태**를 차례차례 이동하는 그 능력은, 언뜻 보기엔 특별히 노력해서 사용하는 것 같지도 않았다. 키보드 시프트키를 눌러 문자 종류를 바꾸는 것처럼 간단하게 카스미는 중간 영역을 오갔다.

"괜찮겠어?"

그때까지 가만히 있던 토리코가 느닷없이 입을 열었다.

"뭐가?"

"아니……."

토리코가 머뭇거렸다. 코자쿠라의 눈길이 토리코에게로 향했고 두 사람의 시선이 서로 뒤엉킨 몇 초 동안 묘한 침묵이 흘렀다. 왠지 불편해진 나는 레몬사와를 단숨에 들이켠 후 테이블에 올려놓았다. 빈 캔이 메마른 소리를 내며 두 사람의 주의를 끌었다.

"맡는 건 그렇다 쳐도 의사소통이 가능할까요?"

"가능하게 될 거야."

코자쿠라가 대답했다.

"그 애는 빌린 단어로만 말하잖아요."

"지금은 아직 그렇지. 하지만 커뮤니케이션하려는 의지는 느껴져. 소라오도 그건 느꼈지?"

"뭐, 네."

카스미는 우리와 이야기할 때 본인의 의지가 담긴 말이 아니라 나랑 토리코가 과거에 나눴던 말의 단편을 이용했다. 처음엔 몰랐지만 주의 깊게 들어보니 대화 상황에 따라가는 형태로 인용하고 있는 것 같았다. 듣는 우리가 멋대로 그렇게 믿고 있을 뿐이라는 가능성은 버릴 수 없었지만 우연이라기엔 인용이 문맥에 딱 맞아떨어질 때가 많았다.

"하지만 수수께끼는 아직 많아. 도대체 카스미는 어떻게 우리의 대화 내용을 알고 있을까."

식사를 재개한 토리코가 치킨을 우물우물 씹으며 말했다.

"영문을 모르겠어. 만난 적도 없는데."

나도 수긍하며 감자튀김을 명란 마요 소스에 찍었다.

"카스미는커녕 나랑 토리코 말곤 아무도 없을 때 나눴던 대화의, 나도 기억 안 나는 대사를 어떤 이치로 인용할 수 있는지 전혀 이해 못 하겠어. 훨씬 전부터 몰래 따라다니면서 전부 듣고 기억했을까?"

"그건 말도 안 되는 것 같은데."

"그렇겠지. 역시."

"너희가 아무리 멍청하다 해도 역시 눈치 챘겠지."

코자쿠라가 콜라가 담긴 잔을 입으로 옮겼다. 오늘은 따뜻한 콜라가 아니라 평범하게 얼음이 든 차가운 콜라였다. 식사할 때는 데우지 않는 모양이었다.

"그 아이가 말하는 걸 들어보면 그런 느낌은 아니었어. 전에 들은 말을 기억해서 흉내 낸다기보단…… 다른 사람의 말이 가득 담긴 사전이 사전에 설치돼 있는 것 같아."

"학습한 게 아니라 미리 짜여 있었다는 뜻인가요?"

"그런 인상."

"누가 무슨 목적으로 설치했을까?"

토리코가 나직이 내뱉은 질문에 코자쿠라가 얼굴을 찡그렸다.

"그 질문에 답하려면 카스미의 정체에 대한 이야기부터 해야 하는데……."

우리가 조용히 기다리자 코자쿠라는 포기한 듯 말을 이었다.

"〈절에서 태어난 T씨〉나 〈아바라토 미치코〉처럼…… 카스미도 이세계에서 여기로 보낸, 말하자면 탐침기, 탐사용 정보단말기일 거라고 난 생각하고 있어. 그 아이가 너희를 향해 몇 번인가 말했던 '인터페이스'라는 말은 단적으로 그걸 나타내고 있는 거 아닐까."

"역시 그렇게 생각하시는군요."

내 생각도 코자쿠라랑 같았다. 지금까지 우리 앞에 나타난 이세계의 존재는 인간의 머릿속에 있는 괴담의 모습을 하고 나타나 인터넷 괴담의 문장을 복사해서 붙인 듯한 형태로 말을 걸어오는 일이 많았다. 카스미의 회화 방법은 회화에 사용하는 사전만은 다르지만 이세계의 존재가 취하는 행동과 아주 비슷했다.

"소라오도 전에 말했지—— 인간의 모습을 한 녀석들은 저쪽의 접촉 접근법이라고."

"코자쿠라는 카스미도 그런 접근의 일환이라고 생각해?"

"그럴 가능성이 높다고 생각해."

"그걸 알면서 맡으시려고요?"

"내버려둘 수도 없으니까."

코자쿠라가 그렇게 말하며 깔끔하게 다 뜯어먹은 치킨 뼈를 아무렇게나 접시에 던졌다.

"안 무서워?"

토리코가 물었다.

"그 아이가? 글쎄. 어떤 의미에선 너희가 더 무서운데."

"그런 이야기가 아니라."

"이세계랑 얽혀 있어서?"

"응……."

당황한 듯한 토리코에게 코자쿠라는 진지한 얼굴로 답했다.

"정체를 알 수 없는 부분은 많지만 난 그 아이 자체는 인간이라고 생각해. 이세계에서 만든 인간과 닮은 존재가 아니라. 진짜 인간이 이세계에서 인간과의 접속 장치로 길러졌을 거라고 생각해."

"그럼 지금까진 없던 방법이네요."

과거의 「접근법」이 머릿속을 스쳐지나갔다.

'그들'이라고 우리가 애매하게 부르고 있는 이세계 저쪽의 존재는 지금까지 인간과 닮은 다양한 존재를 통해 이쪽과 접촉해왔다. 그 대부분은 어쩐지 기분 나쁘고 앞뒤가 맞지 않는 언동을 통해 인간이 아니라는 사실이 발각됐다. 가장 새로운 사례인 〈아바라토 미치코〉와 〈T씨〉도 그 점에 있어서는 똑같았다.

처음에는 〈아바라토 미치코〉에게 속을 뻔했다. 실종됐다고 들었던 인물로부터 남편 찾기 의뢰를 받은 갑작스러운 상황에 이쪽의 판단력도 저하됐을지 모른다. 이상하다는 게 확실해진 건 의미를 알 수 없는 「결혼했습니다」라는 그림엽서를 보냈을 때였다. 직접 대면했을 때는 정상적으로 대화했다고 생각했는데, 어째서일까? 일단 멀어지게 되면서 「인간다움」을 꾸며낼 수 없게 된 것인지, 혹은 처음부터 이상했는데 우리가 눈치를 못 챈 것인지…….

그 이후에 나타난 〈T씨〉는 「인간다움」의 레벨에서는 보다 세련됐다. 나쁜만 아니라 관계없는 연구수업에 참여한 학생들이나 교수님 앞에서도 위화감 없이 행동했으니까. 다만 〈T씨〉도 역시 우리가 없는 장소로 가면 상태가 이상해졌다. 폐허가 된 아파트에서 발견한 흔적으로 추정하건대 흙 묻은 발로 다다미 위를 빙글빙글 돌고 있었던 것 같고, 그 이후 직접 대화를 나눌 때도 말투에 위화감이 들었다.

어느 경우도 완전히 인간을 모방하진 못했다.

비교해 보면 카스미는 압도적으로 「인간다웠다」. 표정은 부족하고 누군가를 흉내 내는 말밖에 못 하지만 그「인간을 닮은 존재」들과는 근본부터 달랐다.

그렇다고 해도 확증은 없었다. '그들'의 학습이 진화해, 보다 정교한 모방이 가능해졌을지도 모른다. 그럼 코자쿠라는 본인의 집에서 '그들'의 최신예 에이전트를 살게 하는 게 된다. 나랑 토리코가 있을 때는 괜찮지만 코자쿠라가 혼자 있을 때라면, 카스미가 인간과 닮은 존재일 경우 코자쿠라가 어떻게 될지 알 수 없으니 무서웠다. 만약 다음에 만났을 때 코자쿠라가 바뀐다면 어쩌지? 바뀐다고? 그래, '그들'이 인간을 흉내 내는 게 실은 인간과 바꿔치기해서 이쪽 주민이 되려는 의도라면? 그뿐 아니라 우리가 마주친 녀석들은 극히 일부에 지나지 않고 사실은 전 세계에서 똑같은 일이 일어나, 지금도 온갖 장소에서 보글보글 보글보글 겉과 속이 거품처럼 터지며 바뀌어서, 위에서 봤을 때 집합체 공포증을 앓는 사람이라면 기겁할 만한 포말 형상을 빚는 게 아닐까. 난 뭐, 기겁하지는 않지만 때때로 가슴이 턱 막히곤 했다. 시점을 높여 까마득한 곳에서 전체를 내려다보면 거품으로 이뤄진 엄청 큰 그림이 보였는데 어떻게 봐도 그건——.

"소라오."

팔을 만지는 느낌에 난 정신을 차렸다. 고개를 들자 토리코랑 코자쿠라의 걱정스러운 얼굴이 날 맞이하고 있었다.

"……또 **그렇게** 됐어?"

내가 묻자 두 사람은 고개를 끄덕였다.

'그들'을 생각하면 의식을 빼앗기고 얼마간 얼어버린다. 아무래도 머릿속에서 이상한 스위치가 켜지고 마는 것 같았다. 평소에는 되도록 생각하지 않으려 하고 나뿐만 아니라 토리코도 그렇기에 서로 조심하고 있었다.

절레절레 고개를 가로젓자 꿈에서 깼을 때처럼 무슨 생각을 했는지 눈 깜짝할 사이에 떠올릴 수 없게 되었다.

"괜찮아?"

"죄송해요. 무슨 이야기 중이었죠?"

"카스미가 인간이라는 이야기."

토리코가 옆에서 알려주었다. 정신을 가다듬고 난 물었다.

"저도 카스미는 인간일 거라고 생각하는데……. 코자쿠라 씨는 왜 그렇게 생각하세요?"

"그 아이는 인간인 척 하려고 하지 않아."

코자쿠라의 심플한 대답에 허를 찔렸다.

"확실히…… 그러네요."

"그렇지? 인간은 일부러 인간인 척할 필요 없으니까."

내가 카스미를 「인간답다」고 느끼는 건 그런 이유 때문이었을까, 라고 납득이 간다는 마음으로 문득 옆을 바라보니 토리코는 뭔가 눈살을 찌푸리며 복잡한 얼굴을 하고 있었다.

"왜 그래?"

"뭐? 으——음, 그런가 싶어서——."

토리코는 애매한 어조로 말하며 캔 맥주를 홀짝거렸다.

"토리코는 카스미를 의심해?"

"아니. 나도 그 아이는 인간으로 보여……. 소라오랑 좀 비슷한 점도 있고."

놀리는 듯한 토리코의 코멘트에 무심코 미소가 흘러나왔다.

"그건 그다지 부정할 수 없네."

주변 사람들은 신경 쓰지 않고 멋대로 나다니는 카스미의 모습에 나도 좀 생각하는 바가 있었다. 객관적으로 보면 나도 이아이와 그다지 다를 게 없는 것 같다고······.

"코자쿠라가 카스미를 맡는다면 그게 가장 좋을지도 몰라. 코자쿠라는 사람들을 잘 보살피니까."

토리코가 그렇게 말하자 코자쿠라는 떨떠름한 얼굴로 우리를 노려보았다.

"사람들을 잘 보살펴준다는 평가를 너희한테 받아야 하는 게 최고로 화가 나거든."

"하지만 실제로 그렇잖아요."

"있잖아, 돈 뜯기는 입장에서 상대한테 인심 좋네요, 라는 말을 들으면 어떨 것 같아? 자칫 잘못하면 살인사건 일어나."

"카스미를 맡는 것도 코자쿠라가 어른이라서 그래?"

"뭐?"

"책임 있는 어른으로서 행동하려고······."

"아──그래, 그래, 맞아. 주변엔 애들 투성이라 내가 할 수밖에 없는 거야. 너희도 빨리 어른이 되어준다면 고마울 텐데."

"알았어. 조금씩 노력할게."

"조금씩??? 지금 이 문맥에서 그런 대답이 나온다고? 좀 겁나는데."

코자쿠라와 토리코의 말다툼을 건성으로 들으며 난 멍하니 생각했다.

정말 그것뿐일까.

어른으로서의 책임감만으로?

코자쿠라가 나와 토리코를 신경 쓰는 건 사람이 좋다거나 사람들을 잘 보살피기 때문이라고 납득할 수 있지만 카스미는 어떨까? 이세계에서 데리고 온, 대화도 뜻대로 안 되고 자주 나가거나 사라지는 정체불명의 아이를 거둔다는 건 차원이 좀 다른 것 같았다. 정말 내버려둘 수 없다는 이유만으로 신원 보증인이 되겠다면 사람이 좋은 수준이 아니라 성인(聖人)이라 할 수 있었다.

"왜?"

코자쿠라가 날 노려보았다. 또 속마음이 얼굴에 드러나고 만 모양이다. 난 고개를 숙인 채 아뇨, 그냥, 이라고 얼버무리며 다음 치킨으로 손을 뻗었다.

──큰 집에서 사는구나, 코자쿠라.

〈T씨〉와의 조우에서 돌아왔을 때 카스미가 코자쿠라를 향해 내뱉은 말을 떠올렸다.

──혼자 살기에는 너무 넓지 않아?

그때 코자쿠라의 깜짝 놀란 얼굴은 이쪽이 흠칫 놀랄 정도였다. 우리가 말을 걸어도 한동안 반응하지 않았을 정도였으니 상당한 충격을 받았을 것이다.

내가 한 말도 토리코가 한 말도 아닌 그 대사의 출처를 추측하는 건 간단했다.

그건 예전에 우루마 사츠키가 코자쿠라에게 했던 말이겠지.

코자쿠라가 카스미를 맡는 건 정말 어른으로서의 책임감에서만 나온 행동일까——.

그런 의심을 품게 되는 것도 무리는 아니었다.

……아니, 우루마 사츠키 따위 아무래도 상관없지만.

오히려 신경 쓰이는 건 토리코의 심정이었다. 내가 알아차렸으니 토리코가 눈치 못 챌 리 없었다. 지금은 토리코가 날 좋아하지만—— 아니, 이미 확실하게 알고 있으니 그렇게 말할 수밖에 없지만 그래도 그만큼 집착했던 우루마 사츠키의 말을 카스미의 흉내를 통해서나마 듣고 어땠을까.

치킨을 먹으면서 힐끔힐끔 상태를 살폈지만 토리코의 행동으로 속마음을 추측할 순 없었다. 토리코는 나보다 본인의 생각을 훨씬 더 능숙하게 숨겼다. 그리고 난 사람의 마음을 모르는 여자였다. 이거 안 되겠는데.

"——우리가 아는 관용구를 인용하니까 언뜻 보기엔 기묘할 수 있지만 그 아이가 사실 그렇게 색다른 행동을 하는 건 아니야."

어느 새인가 카스미가 말하는 방식에 관해서로 화제가 전환되어 있었다.

"아이가 언어를 획득하는 과정은 반드시 주변 어른을 흉내 내는 것부터 시작하잖아. 소리와 의미를 연결하고 어휘를 늘려가면서 점점 말할 수 있게 되지. 카스미도 똑같아. 다른 건 어휘 내용이 단어 조각이 아니라 기존의 관용구 덩어리라는 점이지."

"사전의 출처가 이상할 뿐 커뮤니케이션 방법은 평범하다는 건가요?"

"그래, 그러니까 우리가 주위에서 말하면 그걸 듣고 외우면서 점점 말하는 방식이 바뀔 거야. 본인은 뜻을 모른 채 인용하던 관용구 내용을 이해한다면 문구 통째로 분해해 머릿속에서 재배치하게 될 테니까 대화 방법도 평범해질 거야. 그러니까 앞으로의 의사소통에 관해서는 걱정 안 하려고. 처음에는 고생하겠지만."

"과연. 그럼 카스미 곁에서 마음껏 대화를 나누자! 응? 소라오."

"아, 응……."

"너희가 공헌할 일이 있다면 그게 제일일지도――이상한 건 알려주지 마. 입 조심해, 특히 소라오는."

"제가 그렇게 심각해요? 그렇게까지 상스러운 말은 한 적 없는데…… 토리코는 어떻게 생각해?"

"그게……."

"소라오의 거친 입담은 상스럽다거나 하는 그런 종류가 아니야. 무심코 블랙 조크를 건네고선 주변 사람들이 정색하는데도 눈치 없게 실실 웃기만 하는. 왜, 인터넷 속어가 재밌다며 실생활에서 흉내 내는 녀석들 있잖아. 그거야, 그거."

"윽…… 끄응……."

큰 타격을 입은 날 차가운 눈으로 바라보며 코자쿠라가 말을 이었다.

"그러니까 카스미 앞에서는 특히 조심해줘, 알았지?"

"아……알았어요……."

"거, 걱정 마, 나도 조심할 테니까, 응?"

토리코가 중재하듯 말했다.

"조심한다니, 구체적으로 어떻게?"

"소라오가 나쁜 말을 꺼낼 것 같으면, 이렇게……."

손바닥을 세워 내리치는 제스처와 함께 토리코가 말했다.

"폭력!"

"넌 너대로 교육에 안 좋아! 카스미가 그렇게 바로 손이 나가는 아이가 되면 어쩔 거야?"

"아, 알았어…… 참을게."

"참지 않으면 안 될 정도로 폭력 충동이 일어?!"

"아니, 그런 게 아니라…… 말이 그렇단 거지!"

시끌벅적 떠드는 사이에 무슨 이야기를 하고 있었는지 잊고 말았다. 이야기의 주제가 카스미로 돌아온 건 30분 정도 지난 후였다.

"하지만 실제로 어린아이 한 명을 맡게 되면 여러 가지로 힘들지 않겠어? 호적이라든가."

쪼그라든 감자튀김을 집어먹으며 토리코가 말했다.

"뭐, 그런 부분은 미기와의 인맥 덕분에 잘 해결됐어."

"그 사람 진짜 뭐예요?"

"친구."

"친구라."

"그럼 새로운 신분이 준비됐다는 뜻?"

"그렇게 되겠지."

"흐으음, 재미있겠다!"

"재미있겠다니."

"스파이 영화에 나오잖아, 다른 명의의 여권 같은 거. 나라면 어떤 사람 행세를 할지 생각해본 적 없어?"

"이해 못하는 건 아니지만 난 진짜 내 여권조차 없으니까."

"소라오도 만들어, 안 그러면 해외여행 못 가잖아."

"뭐? 난 여행은 됐어."

"그렇지만 이세계를 경유했다가 나온 장소가 외국이면 곤란할 텐데?"

"윽…… 그건 뭐, 확실히."

토리코의 지적은 지당했다. 이세계에서의 거리는 현실 세계와는 다르니까, 무심코 외국으로 나와서 돌아올 수 없게 되는 사태를 충분히 예상할 수 있었다. 지금까지 가장 멀리 갔던 건 이시가키 섬이었지만, 이시가키에서는 그나마 대만이 엎어지면 코 닿을 곳에 있었다. 까딱 잘못했다간 궁지에 몰릴 가능성이 비교적 높았다.

"어쩔 수 없지, 조만간 여권 만들까?"

"와아! 약속했다?"

짝짝 짝짝 박수치며 토리코가 기뻐했다. 어린애 같다.

"하지만 이세계를 거쳐 외국으로 나가면 여권을 갖고 있어도 문제가 되지 않아? 일본을 출국한 기록이 없는데 어떻게 이 나라에 있냐고 묻는다면……."

내가 의문을 제기하니 코자쿠라는 뭔가 떠올랐다는 듯 말했다.

"그러고 보니 요즘은 출국 도장을 생략하는 일도 있다던데,

얼굴 인증 게이트 때문에."

"진짜? 그럼 괜찮겠네."

"그 때문에 스탬프가 없어서 다른 나라에서 의심받는 일도 많다고 들었는데."

"변명할 여지가 있다면 괜찮을 거야."

"한심한 대학생처럼 말 하지 마."

"난 한심한 대학생인걸."

토리코가 무책임하게 말하며 하이볼 캔을 단숨에 들이켰다. 취기가 돌았는지 머리가 살짝 흐트러졌다. 그 옆모습이 엄청 멋있었다. 꺼내는 말은 최악인데, 정말 뭐야, 이 녀석.

"카스미의 그 신분? 신원? 은 어디까지 정해졌어?"

"뭐? 무슨 말이야?"

"이름이나 나이, 국적……."

"글쎄. 미기와에게 물어보지그래? 기존의 신원을 유용했는지 처음부터 다 준비했는지, 자세한 건 나도 몰라."

"그래? 생일 정도는 결정할 수 없을까?"

"생일? 왜?"

"원래는 태어난 날을 본인이 정할 수 없잖아. 모처럼 그런 기회가 생겼으니……."

"아니, 신원에 관해선 직접 결정할 수 있는 게 적을 텐데."

"그러고 보니 이제 곧 내 생일이네."

"아, 그래?"

"그렇구나. 언젠데?"

"6월 6일."

"흐음, 다음 달이네."

"소라오는 흥미 없겠지만."

토라진 듯 토리코가 말했다.

"알았어, 알았어, 축하파티 하자."

성가시다는 뉘앙스를 풍기는 말투로나마 응하니, 토리코의 얼굴이 환하게 빛났다.

"응! 소라오 생일에도!"

"난 딱히⋯⋯."

"내가 축하하고 싶어! 몇 월 며칠이야?"

"5월 5일."

내가 답하자 토리코가 굳었다.

"5월 5일?"

"그런데."

"오늘이 며칠이야?"

"며칠이더라?"

"응? 5월 10일."

코자쿠라가 그렇게 말하자 토리코가 소리쳤다.

"──지났잖아!!"

믿을 수 없게도, 이걸로 엄청 옥신각신하다 이날의 뒤풀이가 끝났다.

2

이틀 후, 문화인류학 연구수업에 출석한 난 다른 사람의 발표를 대충 들으며 생각에 빠져 있었다.

머릿속 의제는 물론 토리코에 대해서였다.

내 생일이 지났다는 이유로 토리코가 생각 이상으로 기분이 상했기 때문에 난 그저 당황스러웠다. 기념일을 중요시하는 타입인 게 의외였지만 그것도 별로 느낌이 오지 않았다. 지금까지 서로에게 생일을 물어본 적도 없었고.

뭐지, 그 분노는 굳이 말하자면 뒤풀이에 집착하는 것과 같은 부분에서 오는 걸지도 모른다. 오키나와에서 해변에 가자고 강경하게 주장했던 모습을 떠올렸다. 둘이서 경험할 수 있는 이벤트를 놓치기 싫다는…… 집착? 강박관념? 같은 게 토리코에게 있는 것 같아…….

아아──, 싫다, 싫어. 귀찮아.

생각하고 있는 것만으로 가슴이 막히고 머리가 지끈거렸다. 으아악── 하며 소리를 지르고 싶어졌다.

이런 건 정말 질색이다. 즉…… 사람의 마음을 헤아리는 게.

가려워진 머리를 벅벅 긁으려다 연구수업 자리에 있다는 사실을 떠올리곤 아슬아슬하게 참았다.

이제 몰라! 화가 폭발해 혼자 이세계로 도망치면 편할 텐데.

하지만 그럴 수도 없겠지. 제길…….

주위에 들리지 않도록 몰래 한숨을 내쉬었다.

인간은 어려워. 나에겐 안 맞아.

나에 대한 토리코의 마음을…… 호의를 알아차린다거나 어떤 식으로 응해야 좋을지, 그 이후로 계속 모색하고 있었다. 오히려 모색만 하고 있었다. 고민할 만큼 고민했지만 아무것도 해결되지 않은 상태였다. 좋은 생각도 떠오르지 않는데 계속 머리를 싸매고 고민해 봤자 아무런 도움도 안 될 뿐, 시간낭비만 하고 있는 것 같았다.

그건 그렇고 토리코가 요즘 불안정해…….

그렇게 생각하다도 마음을 돌렸다.

아니, 토리코는 계속 그런 느낌이었는데 내 눈에 보이지 않았던 것뿐이겠지, 분명. 내 눈은 장식이었고 토리코가 어떤 녀석인지 계속 함께 있었는데 하나도 몰랐어.

정말이지 아직도 모르겠어. 예를 들면 〈T씨〉한테 당해 기억을 잃고 내가 무의식중에 이상한 소릴 내뱉었던 그 자리에서, 토리코에게 맞았잖아.

그것도 다시 생각해보면 왜……? 왜 때렸지?

——우리가 사귀기라도 했어?

그때 난 그렇게 물었다. 그래서 토리코가 폭발했다.

아니, 그야 제정신인 나라면 절대로 하지 않을 대사지만 그렇다고 손이 나가?

전에는 마구 때려서 나왔다고 떠들어댔지만 그렇다고 해도 반응이 좀 이상하지 않아?

그저께는 손이 나가진 않았지만 엄청 화내면서 평정을 잃어서 무슨 생각을 하고 있는지 도무지 알 수 없었다. 내 생일이 지났다고 뭘 그렇게까지 동요하지? 지났다고 해도 고작 며칠, 축하해준다면 그 정도는 늦었다고 해도 딱히 상관없잖아. 추가로 케이크라도 먹으러 간다거나……

축하……, 축하라.

마지막으로 생일축하를 받았던 게 언제였지?

……생각해볼 것도 없이, 초등학교 때였지. 엄마가 아직 살아 있을 때였어.

그 이후 사교 집단에 빠진 우리 가족은 기존의 모든 종교 행사를 배척했고 생일 축하 파티까지 말려들어 폐지됐다. 생일은 종교와 관계가 없지만 나도 가족을 피하게 됐으니까 설령 축하해준다고 해도 거부했겠지.

그 이후 나에게 생일은 특별한 날이 아니게 되었다. 물어볼 때까지 완전히 잊고 있을 정도였다.

경위를 설명했다면 토리코는 이해했을까. 아마 그랬겠지. 하지만 대신 토리코가 또 울게 될 것 같았다. 전에 내 과거 이야기를 했을 때 토리코가 굉장히 슬퍼했다. 본인도 신경 안 쓰는데 슬퍼해주는 건 당황스러운 일이었고, 울리고 싶지도 않았다. 거울 속 중간 영역에서 토리코의 시점을 체험했을 때 뚝뚝 울어버린 건 꽤 충격이었다.

"──자, 그럼 이번에는 카미코시, 부탁해도 될까?"

"네? 앗! 네!"

교수님의 부름에 난 현실로 되돌아왔다. 오늘은 나도 발표를 하는 날이었다.

복사한 요약본을 돌리는 사이에 정신을 가다듬은 나는 입을 열었다.

"예, 카미코시입니다. 저기, 전에 여기서 발표했을 땐 귀여운 존재에 대한 연구를 하겠다고 한 것 같은데, 아무래도 생각을 바꿔 원래 예정대로 괴담을 테마로 하고 싶습니다……."

주변 반응을 살피면서 난 이야기하기 시작했다. 아베카와 교수님도 다른 연구수업생들도 요약본에 시선을 떨군 채 듣고 있었다.

"아── 그러니까, 우선…… 괴담에도 다양한 종류가 있는데 대략적으로 창작 괴담과 실화 괴담 두 가지로 나눌 수 있습니다. 이건 분류법에 따르고 있는데 편의상 여기선 이 방식으로 나누겠습니다. 실화 괴담이라는 건 이름 그대로 실제로 있었던 사건이라고 이야기되는 괴담으로, 제가 흥미를 갖고 있는 건 이쪽입니다. 괴담은 보통 '정말 있었던 일'로 회자되기 때문에 일부러 실화라고 이름 붙이는 건 이상하다고 여길지도 모릅니다.

다만 예를 들어 이건 내가 지금 떠올린 거짓말인데, 라고 언급하며 무서운 이야기를 들려주면 어떤 표정을 지어야 좋을지 알 수 없게 되죠. 일부러 거짓말이라고 하지 않아도 친구의 친구가 체험한 이야긴데……라든가, 다들 들어본 적 있을 것 같은데라든가, 마치 진짜처럼 얘기하지만 꼼꼼하게 들어보면 언제 누가 체험했는지는 애매하게 놔둔 채 소문으로만 전한다거나, 소위 도시전설이라는 건 이런 것이죠. 실화 괴담은 그런 게 아니라 체험한 사람도, 그걸 듣고 기록한 사람도 명확합니다. 그런 점이 전통적인 괴담과는 다릅니다. 인터넷 괴담의 경우엔 익명이 기본이라 사정이 좀 다르지만 그래도 이 이야기는 어떤 게시판에서 언제 썼는지 출처를 특정할 수 있다는 점에서 도시전설과는 명확하게 구별할 수 있습니다.

실화 괴담의 역사는 오래되지 않았는데, 1990년대 초부터 서서히 장르가 형성되어 유행하게 됐습니다. 그 이전엔 마츠타니 미요코가 모은 학교 괴담이나 야나기타 쿠니오의 『토오노 모노가타리』, 에도 시대로 거슬러 올라가 네기시 야스모리의 『미미부쿠로』도 괴담, 기담을 듣고 적은 글로서 감성이 비슷하지만 구전된 이야기나 소문도 많기 때문에 엄밀하게는 다릅니다. 실화 괴담 역사에서 중요한 작품이라 하면 어폐가 있겠지만 문헌을 고른다면 아래와 같은 것들이 있습니다……."

처음에는 어색했지만 한 번 말을 꺼내기 시작하자 궤도에 올랐다. 요약본을 따라 난 실화 괴담 장르의 개요를 설명했다.

"……이런 느낌으로 이 주제를 연구하려고 합니다만 문화인류학 입장에서 어떤 방향성으로 가야 좋을지 저도 아직 확실하게 모르겠습니다. 정리는 다 안 됐지만, 이상입니다."

나의 발표가 끝나자 아베카와 교수님이 입을 열었다.

"고마워. 재미있군. 역시 이전부터 흥미가 있는 주제라고 말했던 만큼 생기 넘치고 좋았어."

"그, 그런가요?"

"질의 시간을 가져볼까? 코멘트 있는 사람은 해봐."

교수가 재촉하자 연구수업생 몇 명이 손을 들었다.

"카미코시 학생은 본인이 무서운 체험을 한 적이 있나요?"

물어볼 것으로 예상했던 질문이 가장 먼저 나왔다.

"있습니다."

"어떤 체험이었나요?"

"말하지 않는 게 좋을 것 같습니다."

내가 대답하자 연구실 안이 술렁거렸다.

"네? 그건 왜죠?"

"뭐랄까, 꽤 개인적인 일이라서요. 죄송합니다."

되도록 얌전하게 그렇게 말하자 아아……라고 뭔가 납득한 듯한 분위기가 감돌았다.

우선 틀림없이 물어볼 만한 질문에 어떻게 대응해야 할지 고민한 결과, 내가 내린 답은 이것이었다. 나 스스로도 제법 파인 플레이였다고 생각한다. 개인적인 일이라고 말해두면 구체적인 부분을 전혀 알리지 않고 더 이상 파고드는 걸 피할 수 있을 것 같았다. 집안사정이나 육체적 정신적 상처나 말하기 싫은 트라우마 같은 걸 마음대로 상상하게 만들면 된다. 그들이 지금까지 들어온 괴담에도 반드시 그런 요소가 있겠지. 그걸 떠올리며 뭔가 사정이 있을 거라고 생각할 것이다. 내 입으로 말하는 것도 좀 그렇지만 괴담에 관해서는 어김없이 머리가 잘 돌아갔다.

내 생각이 맞았던 듯 자연스럽게 다음 사람의 질문으로 넘어갔다.

"저기, 실화 괴담이라는 말에 아무래도 위화감이 있어서…….

죄송합니다, 까놓고 말하자면 괴담은 전부 거짓말 아닌가요?"

"왜 그렇게 생각하시나요?"

"왜냐니……. 말이 안 되잖아요, 유령이라니."

"우선 괴담에 꼭 유령이 나온다곤 할 수 없습니다. 특히 실화 괴담이라는 건 체험자가 조우한 이해할 수 없는 일을 해석하지 않고 말하는 게 큰 특징입니다."

"해석하지 않는다?"

"예를 들어 A씨가 잠이 들면 가위에 눌리게 되고 머리맡에 노파가 서 있어서 공포에 질린 나머지 기절했다는 그런 이야기가 있다고 칩시다. 전통적인 괴담은 이 노파를 '유령'이라고 말하죠."

"유령…… 아닌가요?"

"그건 모릅니다. 유령, 원령, 지방령, 수호령, 생령, 요괴, 수면마비에 의한 환각, 여러 가지 설명을 붙일 수 있을지도 모르지만 그런 건 전부 마음대로 '해석'한 것입니다. A씨가 체험한 건 그냥 가위 눌리는 중에 머리맡에 선 노파를 봤다는 것뿐. 그렇게 '있었던 일'을 쓰는 게 실화 괴담입니다."

"그게……재미있나요? 들어보면 굉장히 담담한 것 같고. 무섭지도 않은 것 같은데요."

"일어난 일을 그저 늘어놓기만 하면 무섭지 않습니다. 각각의 일을 연결시키거나 암시해서 청자가 상상하게 만들면 무서워집니다. 즉 말이 서툰 사람이 이야기하면 무섭지 않고 말이 능숙한 사람이 이야기하면 무섭다는 심플하게 기술적인 이야기가 됩니다."

"연결시키거나 암시하는 건 해석하는 거 아닌가요?"

아픈 부분을 찔리고 말았다고 생각하면서 난 답했다.

"그건 분명 그렇습니다. 좀 더 정확하게 말하면 사실을 그저 기술만 하는 건 애초에 불가능하기 때문에 어떠한 해석은 반드시 들어갑니다……. 해석의 유무로 실화 괴담을 정의하는 건 틀렸을지도 모릅니다."

"그러네요."

"다만 괴담에 대한 저의 흥미는 무서움의 유무가 아니라……. 그 에피소드가 얼마나 모르는 세계를 보여주는지, 그런 부분을 우선하기 때문에 그런 의미에서는 얼마나 사람을 무섭게 할지 심혈을 기울이는 괴담 작가나 화자와는 견해가 다릅니다. 그러니까……일어난 일에 대해 유령이라든가 하는 해석 끝난 요소를 붙이는 게 몹시 싫었습니다. 해석하지 않는다는 건 그런 걸 말하고 싶었던 건데……."

어느새 괜한 이야기를 하고 있다는 사실을 깨닫고 난 입을 다물었다.

"아직 제대로 된 이미지가 떠오르진 않지만 카미코시 학생이 말하는 되도록 해석하지 않은 괴담이라는 건 어떤 형태인가요?"

"글쎄요, 예를 들면……."

테이블을 에워싼 학생들을 난 한 바퀴 빙그르르 둘러보고 말했다.

"지난번 연구수업을 하러 왔을 때 이 연구실에 한 명 더 있었죠?"

날 바라보던 시선이 의아스러운 것으로 변했다.

"남학생이었는데 여기 있는 여러분처럼 앉아 있었습니다. 기억나세요? 아마 기억 못 하시겠죠. 특별히 눈에 띄는 짓도 하지 않았으니까요. 오늘은 결석자도 없겠지만."

"그런 사람이 있었어?"

"응? 혹시 자시키와라시(수호신 내지는 정령)?"

"그런 사람 없었어요."

저마다 소리를 높였다. 난 손가락으로 가리키며 말했다.

"그럼 왜 저기 딱 한 자리가 비었을까요. 이렇게 **빽빽하게** 앉아 있는데."

사각형으로 만든 긴 책상 한쪽, 마침 나의 바로 맞은편에 아무도 안 앉은 파이프 의자가 딱 하나 남아있었다. 팔꿈치가 부딪칠 정도로 좁은 간격으로 책상을 에워싸고 있는 와중에 그 공백은 정말이지 부자연스러웠다.

연구수업생들이 일제히 술렁거렸다. 내가 지적할 때까지 아무도 공석을 개의치 않았던 것이다.

실내가 아직 웅성거리는 가운데 난 말했다.

"물론 설명은 할 수 있습니다. 때마침 누구라도, 파이프 의자를 정리해 간격을 좁히려고 하지 않았을지도 모릅니다. 하지만 여러분들 입장에서 어쩐지 위화감이 남는 이상한 체험이죠. 직접 유령을 본 것도 아닌데 의문이 생기거나 오싹해지고……. 그렇다고 하더라도 그렇게까지 강렬한 체험은 아닐 테니 금방 잊을 겁니다. 이게 흥미로운 부분인데 이상한 체험은 그 자리에선 임팩트가 큰데 쉽게 잊어버리는 일이 많습니다. 이런 것을 신중하게 뽑아내는 것도 현대 실화 괴담의 특징 중 하나입니다."

또 연구수업에 〈T씨〉가 있으면 어떻게 대응할지 고민하며 긴장했지만 보이지 않았다. 다른 연구수업생들의 반응으로 봐서 〈T씨〉는 모두 잊은 듯했다. 아마 그건 원래 있을 리 없는 존재로 우리가 퇴치했기 때문에 '없었던 일이 된 것'이겠지.

얼마 전 나에게 의논을 하러 왔던 베니모리도, 같이 담력 테스트를 갔다는 다른 세 사람도 내 이야기에 대한 반응은 다른 사람과 다르지 않았다. 날 뚫어지게 쳐다보거나 안색이 바뀌거나…… 그런 일도 없었고 천연덕스러운 얼굴 그대로였다. 그때 베니모리는 〈T씨〉를 매개로 하는 괴담의 맥락 속에서 휘둘렸던 것 같지만 내가 들은 담력 테스트라는 것이 정말 이뤄졌을까. 애초에 베니모리가 의논하러 왔던 일 자체가 현실이었을지 어떨지.

그런 생각을 하는 동안 술렁거리는 소리가 잦아들었고 다음 사람이 손을 들었다.

"이야기를 들어보면 실화 괴담이라는 건 직접 이상한 체험을 한 본인뿐만 아니라 그 이야기를 듣고 전하는 사람이 중요한 것 같은데요, 아닌가요?"

"그렇다고 생각합니다. 괴담이라는 큰 장르 전체에 그런 경향이 있지만 개인의 체험을 어떻게 이야기하느냐가 열쇠가 됩니다."

"즉 조사대상자와 조사자가 있다는 거군요. 들은 정보를 어떻게 전할지가 문제가 되는 것도 포함해 형식으로서는 인류학의 에스노그라피와 몹시 비슷한 것 같네요. 카미코시 학생은 문화인류학의 입장에서 이 테마를 어떤 식으로 진행시킬지 고민 중이라고 했는데 카미코시 학생 자신이 이상한 체험을 한 사람에게 듣고 조사를 하면 그것만으로도 에스노그라피를 작성할 수 있는 거 아닌가요?"

"그렇죠. 저도 처음에는 그거면 된다고 생각했습니다. 다만……."

난 머뭇거렸다. 이세계를 알기 전의 나라면 망설일 것도 없었을 것이다. 실화 괴담 속에서 살짝 엿볼 수 있는 이상하고 무서운 세계를 몹시 동경해 어디선가 나도 그 일부분이라도 체험할 수 있기를 꿈꾸며 괴담을 계속 수집했겠지.

그러나 난 이세계와 만나고 말았다. 알려지지 않은 세계가 정말 존재한다는 것을 더할 나위 없이 명확한 형태로 알고 말았다.

괴담을 연구할 수 있을 거라는 막연한 생각으로 지망한 문화인류학은 당연히 이세계라는 존재를 전제로 하지 않았다. 아이러니하게도 난 연구보다 먼저 찾던 대답을 발견하고 말았던 것이다.

그럼 난 여기서 대체 뭘 하면 좋을까.

이전에 무심코 대학을 그만두고 이세계 조사로 돈을 벌며 살겠다는 실없는 소리를 했다가 코자쿠라한테 진지하게 혼난 적이 있다. 그건 반쯤 농담이었지만 반은 진심이었다.

현실 세계와의 연결고리를 남겨두지 않으면 목숨을 잃게 될 거라는 코자쿠라의 경고를 납득했기 때문에 일단 대학은 착실하게 다니고 있지만 고민이 해결된 건 아니라 어떻게 해야 할지……. 계속 생각하고 있었다.

"……다만?"

뒷이야기를 재촉하는 연구수업생의 질문에 난 정신을 차렸다.

"그렇게 다양한 사람들의 체험을 모은다 해도 모으기만 하다가 끝날 것 같아서. 괴담의 화자가 된다면 그걸로도 정말 좋겠지만 문화인류학에서 이 테마를 다룬다면 뭐랄까…… 학문적으로 확실한 신념이 없으면 성립하기 힘들죠. 사례를 모으면서 뭔가 보이는 게 있을지 모르지만……."

내가 우물쭈물 답하자 아베카와 교수님이 말했다.

"카미코시는 아까 개인적인 일이라며 본인의 체험을 이야기하지 않았지만 그건 문화인류학을 선택한 이유와 관계가 있나?"

"직접적인 관계는 없습니다. 괴담을 찾아다니기 전에는 달리 특이한 체험도 하지 않았고."

"괴담 중에서도 실화 괴담을 고집하는 이유는 아직 못 들은 것 같은데, 아까 말했던 모르는 세계를 보고 싶다는 이야기가 그것인가?"

"평범하게 생각하면 있을 수 없을 법한 일이 정말 있었던 일로써 이야기되는 것에 흥미를 가졌기 때문입니다. 불확실한 소문이 아니라 실제 체험자가 있다는 게 미더웠거든요."

"미덥다는 말은 흥미로운 표현이군. 즉 카미코시는 괴담에서 얘기되는 이상한 일이 정말 있었으면 좋겠다고 그렇게 바랐다는 것인가?"

생각보다 교수님이 깊이 파고들어 멈칫했다. 개인적인 일이라는 한 마디에 물러난 다른 학생과 달리 거침없었다.

"바랐다기보단 확인하고 싶었습니다."

"사실인지 아닌지를?"

"그렇습니다!"

다른 사람이 건드리길 원치 않는 부분을 언급해 무심코 말투가 거칠어졌다. 정신을 차려보니 난 거의 교수님을 노려보고 있었다. 역시 스스로도 당황해서 눈을 내리깔았다. 그냥 물어보고 있는 것뿐이었다. 싸움을 거는 게 아니었다.

교수님은 화를 내지도 않고 지금까지와 같은 온도로 말했다.

"주술이나 정령 같은 불가사의한 영역은 문화인류학의 중요한 연구 분야로서 계속 존재했어. 그러니까 카미코시의 테마는 결코 엉뚱한 건 아니야. 나도 예전에 아프리카에서 진짜 주술을 봤거든."

아베카와 교수는 담백하게 말하며 그대로 말을 이었다.

"조금 전 지적했던 실화 괴담의 형식이 에스노그라피와 비슷하다는 이야기는 흥미롭군. 카미코시가 자각하고 있는 것처럼 에피소드만 수집하게 될 것 같다는 걱정도 이해해. 마지막에 어떠한 결론을 내린다면 뭐, 논문의 형식은 갖추게 되겠지만 좀 아깝긴 하겠지. 거기에 학문으로서 신념을 관철하는 건 카미코시 본인이 해야 하는 일이니까 충분히 고민해도 좋겠지만……. 그래, 예를 들면 요즘 본 연구 중에 재해와 유령이라는 게 있었네. 동일본 대지진 이후에 전해진 유령 이야기를 계기로 재해지의 괴담에 주목한 연구로 테마로서는 케어 인류학의 일종이라고 할 수 있을까. 이것도 최근 관심이 높아지는 분야지."

"네에……."

지식으로서는 알고 있었지만 나 자신은 지진 피해 괴담에는 별로 흥미가 없었다──. 아니, 피하고 있었다. 너무나 **인간적**이라 읽으면 마음이 불편해지니까. 나처럼 괴담에 가슴이 설레는 녀석에게는 안 맞는다고 한 권 읽고 생각했다.

"역사적인 흐름을 좀 정리해보면 요술이나 정령에 대한 인류학의 접근 방식은 우선 서양인의 근대합리주의적인 시점에서 '미개'한 부족사회의 풍습을 관찰하겠다는 면모에서 시작됐어. 아프리카나 동남아시아의 무당이나 요술사가 이야기하는 정령의 세계는 '그런 일이 있을 리가 없다'는 생각과 비합리적인 것을 믿는 '미개인'의 기묘한 풍습으로서 받아들인 것이지. 그게 나중에 식민지주의에 대한 반성에서 아니, 그들의 신앙은 외부에서는 비합리적인 미신으로 보이지만 그들의 사회 속에서는 합리적인 기능이 있다는 견해가 등장해. 서양문명사회와는 다른 이론체계가 있다고."

난 고개를 끄덕였다. 1, 2학년 때 강의에서 몇 번이나 들은 이야기였다.

"이러한 견해에 더욱이 이의를 주장할 수 있게 된 건 아주 최근, 21세기가 된 이후야. 비서양사회에 독자적인 이론이 있다는 건 결국 '합리성'을 강요하는 것에 지나지 않는다고. 이러이러한 풍습에는 사실 이러이러한 사회적 의의가 있다……는 설명은 서양사회 인간들이 납득하기 쉽도록 번역된 것일 수밖에 없어. 그럼 대체 어떻게 말해야 될까. '그들은 세계에 요술이나 정령이 존재한다고 믿고 살아간다'가 아니라 '그들은 **정말로** 요술이나 정령이 존재하는 세계에 살고 있다'고 생각해겠지. 외부에서 멋대로 합리적으로 번역해서는 안 되는 애초에 번역할 수 없는 게 거기에는 있는 거 아닌가, 하는 이론이야. 아까 카미코시가 비유로서 '해석'에 대해 말한 것과 비슷할지도 모르지."

"그럴……지도 모르겠군요."

"실화 괴담에 대해 듣고 흥미로웠던 건 '체험'이 모든 근본에 있다는 거야. 그것만 보면 꽤나 엄격하지만 추측하기에 그걸 듣고 다시 전하는 인간의, 말하는 기술이 괴담으로서의 중요한 파트를 차지하고 있겠지. 거기서 예능이나 창조성 방면으로 의론을 펼칠 수도 있겠지만 카미코시가 하고 싶은 건 그런 게 아닐지도 몰라. 괴담에서 얘기되는 세계에 대해 좀 더 솔직하달까, 한결같은 정열이 느껴져."

교수는 책상 위에 펼쳐진 루즈리프 파일로 시선을 옮긴 후 까닭이 있는 듯 나에게로 다시 시선을 돌렸다.

"마침 지금 자네가 흥미를 가질 만한 '체험'이 있어. 거기 있는 공석, 카미코시가 지적할 때까지 나도 전혀 개의치 않았지. 이상해서 출석부를 확인했더니 딱 한 명, 이름이 많군."

놀라움의 탄성과 함께 다시 연구실이 술렁였다.

"이름이 뭐라고 쓰여 있나요?"

"내가 쓴 것 같은데 뭉그러져 있어서 문자가 성립되지 않는 군. 이것도 전혀 몰랐어."

약간 차가운 공기가 흐르는 와중에 교수가 미소를 지었다.

"과연, 유령 따위 보지 않아도 괴담이 성립한다는 건 잘 알겠어. 카미코시가 이런 일에 이골이 났다는 듯한 얼굴을 하고 있는 것도 재미있고."

"네? 뭐, 네에."

지난번까지 〈T씨〉가 있었다는 사실을 혼자 알고 있는 몸으로서 어떻게 반응해야 할지 곤란해서 당황했다.

연구수업생들이 조용해지기를 기다린 뒤 교수가 입을 열었다.

"이야기를 다시 돌려서 카미코시의 고민에 대해 한 마디 하자면 괴담이라는 테마뿐만 아니라 그 테마에 흥미를 가진 본인의 정열에도 마찬가지로 솔직하게 마주해야 할지도 몰라."

나는 의미를 알아듣지 못하고 되물었다.

"그게…… 무슨 뜻인가요?"

"내 눈에 자네는 뭔가 숨기고 있는 것처럼 보여."

난 깜짝 놀라 아무 말도 못한 채 교수를 다시 바라보았다.

"숨기고 있달까, 굳이 관심을 갖지 않는달까. 그게 자네가 말하는 '개인적'인 일인지 어떤지 나로선 모르고 억지로 설명하라고 말할 생각도 없어. 하지만 어떤 테마와 마주할 때 동기 부분을 얼버무리게 되면 이후에 괴로워져. 사람들에겐 말 못 해도 적어도 본인 안에서는 되도록 그걸 애매하게 하지 않는 게 좋아. 왜 실화 괴담인지 왜 괴담이 진짜인지 어떤지 확인하고 싶

었는지를 생각하면 이 테마에서 뭘 깊이 파고 싶은지 보일지도
몰라."

"……."

"문화인류학이라는 건 '다른 것'과 마주하는 학문이야. 무언
가가 자신과 다르다는 건 동시에 자신이 무엇인지 드러내는 것
이기도 해. 다른 사람을 자신과는 다른 존재라고 생각할 때 기
준점이 되는 '자신'이라는 건 무색투명할 수 없지. 그 부분을
애매하게 둔 채 다른 사람을 연구하려고 해봐야 그저 김빠진
문장이 완성될 뿐이니까. 내가 매번 여러분에게 말하는 건 그
런 부분이야."

교수는 손목시계를 바라보았다.

"이제 곧 마칠 시간이군. 오늘은 여기까지 할까? 다음 주에 다
음 발표자는 본인 순서를 잊지 말도록. 수고했어요."

연구수업생들이 우르르 자리에서 일어났다. 나도 필기도구와
노트를 챙겨 일어났다.

연구실을 나가려는데 베니모리가 다가왔다.

"카미코시, 얼마 전에는 고마웠어."

"……뭐?"

무심코 말똥말똥 쳐다보고 말았다. 베니모리는 목소리를 살짝
죽인 채 말을 이었다.

"그 이후에는 어떻게든 해결됐으니까 이제 걱정 마. 그것만
전해주고 싶었어."

"아니, 잠깐만. 무슨 일에 대한 인사야?"

"뭐?"

베니모리는 순간 멍한 얼굴로 변했고 바로 웃기 시작했다.

"아하하, 알잖아."

모른 척하지 말라는 듯 친밀함을 보이며 그렇게 말한 후 내 어깨를 툭 두들긴 후 베니모리는 먼저 연구실을 나갔다.

복도에 나가보니 베니모리는 재빠른 걸음으로 먼저 가던 3인조를 따라가 담소를 나누며 떠났다. 저건 분명……아라야마, 도이타, 차이. 〈T씨〉의 폐허 아파트로 담력시험을 하러 갔었다는 인물들이었다.

연구수업에서의 반응을 봐서는 〈T씨〉를 기억 못 하는 것 같지만 담력시험을 하러 갔던 기억은 남아있는 걸까. 그래서 무슨 일이 일어났고 나에게 의논했던 기억도 있다는 뜻? 그럼 의논 이후 원래 없었던 것처럼 사라져버린 일에 대해선 어떻게 인식하고 있을까. 베니모리 머릿속에선 인식이 어떤 식으로 일관성을 취하고 있을지 상상이 안 됐다.

고개를 갸웃거리며 난 대학을 나왔다.

3

어쩐지 집으로 돌아갈 마음이 안 들어서 난 그대로 대학 앞에서 역으로 향하는 버스를 탔다. 막연히 큰 서점이라도 들렀다 가려고 움직였는데 차 안에서 머릿속을 차지하고 있던 건 아까 그 연구수업에서 들은 말이었다.

아베카와 교수의 코멘트는 물론 이세계의 존재를 전제로 한 건 아니니까 완벽하게 정곡을 찌른 건 아니었다. 그런데 어쩐지 아픈 곳을 찔린 것 같은 기분이었다.

요즘 나를 둘러싼 상황에 변화가 잦았고, 많은 일들을 보류한 채 앞으로 나아가고 있는 것 같았다. 창밖을 지나가는 버스 전용도로의 광경을 무심코 바라보며 난 머릿속을 정리하려고 했다.

넌 뭔가 숨기고 있는 것처럼 보인다——는 지적에 깜짝 놀란 건 물론 내가 이세계를 숨기고 있기 때문인 게 최대의 이유겠지만 그 외에도 내가 끌어안고 있는 떳떳하지 못한 많은 일들을 알아맞힌 것처럼 느껴졌다.

예를 들면 토리코에 대한 감정. 코자쿠라의 설교. 이세계와의 관계.

카스미에 대해. 아카리에 대해.

우루마 사츠키에 대해.

이세계 너머에 있는 어떤 이에 대해——.

온갖 성가신 일을 난 머릿속 한 귀퉁이에 억지로 쑤셔 넣어뒀었다. 수습이 안 될 정도로 어질러진 잡동사니를 벽장에 숨기고 방을 정리했다고 주장하는 것처럼.

확실히 난 숨기고 있었다. 다른 사람에 대해서가 아니라 내가 안 보려고 하기 위해 숨기고 있었다. 그러한 자각은 있었다—— 하지만 어디서부터 건드려야 할지, 어떻게 하면 건드릴 수 있을지조차 알 수가 없었다.

버스가 미나미요노역에 도착했다. 건성인 채로 평소의 습관대로 버스에서 내려 플랫폼으로 올라가다 퍼뜩 알아차렸다. 여기서부터 어떻게 할지 아무것도 결정하지 않았구나.

평소라면 이케부쿠로행 지하철을 타고 토리코랑 합류해 샤쿠지이 공원이나 진보쵸로 향했겠지만…… 오늘은 내키지 않았다. 그저께 일을 떠올려보면 토리코는 아직 기분이 나쁠 테고 알 수 없는 이유로 일방적으로 미움 받은 나도 솔직히 아직 마음이 개운치 않았다.

계속 서 있을 때 이케부쿠로와는 반대 방향으로 향하는 지하철이 도착했다. 오미야행 사이쿄선. 행선지 표시를 보고 문득 떠올랐다. 그래──. 오랜만에 거기 상황을 확인하러 가볼까? 오늘은 혼자니까 딱 좋은 기회일지도 몰라.

내가 올라타자 바로 지하철은 오미야를 향해 달리기 시작했다.

미나미요노역에서 북쪽으로 3개 역을 지나면 도착하는 오미야는 대학에서 가장 가깝고 큰 거리라 1학년 때는 몇 번이나 들렀었다. 토리코랑 만난 이후로는 도쿄만 돌아다녔기 때문에 당분간 소원했었지. 다름 아닌 그 만남의 계기가 된 게 오미야의 폐건물이었다.

지하철은 10분도 안 돼 오미야에 도착했다. 개발이 진행돼 큰 건물이 줄지어 선 역의 서쪽과는 대조적으로 동쪽엔 작은 건물이나 잡거빌딩이 북적거리며 옛날 그대로 죽 늘어선 거리가 펼쳐졌다. 그 동쪽 좁은 길을 교차하는 상점가 한 모퉁이에서 난 걸음을 멈췄다.

파친코 가게, 라면 가게, 선술집, 자전거 주차장…… 아케이드에 어수선하게 늘어선 건물 틈에 셔터가 내려간 점포가 조용히 서 있었다. 간판은 떨어지고 겉에는 벽보 하나 없는, 원래 무슨 가게였는지도 분명하지 않았다.

난 자연스러운 행동을 가장해 건물로 다가가 옆 건물과의 틈으로 쑥 들어갔다. 옆문의 자물쇠가 망가져 있어서 안으로 들어갈 수 있을 것이다. 적어도 전에 왔을 땐 그랬다.

몸을 옆으로 돌려 틈을 지나가 미닫이에 손을 올렸다. 평범하게 움직이려고 하면 걸리지만 힘을 줘서 살짝 들어 올리면——이거 봐, 움직였다.

틈새를 지나 뒤쪽으로 문을 닫았다. 안쪽은 의외로 밝았고 벽 위쪽 채광창에서 쏟아져 들어오는 창밖의 빛을 받아 나의 침입으로 날아오른 먼지가 반짝거렸다.

시간이 일러서일까. 전에 봤을 때는 좀 더 어두웠던 것 같은데.

망한 점포의 뒤뜰. 천정도 벽지도 너덜너덜하고 벽 쪽에는 검게 더러워진 싱크대와 가스레인지. 공간 한 가운데에는 테이블과 의자 세트가 놓인 채 먼지를 뒤집어쓰고 있었다.

오랜만이야, 여기 온 건.

마지막으로 온 건 토리코랑 만난 그날이었다.

여기서 이세계 게이트를 발견하고 내가 찾아낸 걸 믿을 수 없어서 본격적으로 탐험할 결의를 다질 때까지 몇 번이나 들르고——2번째였나? 3번째? 벌써 잊어버렸지만 어쨌든 그날, 결심하고 뛰어 들어갔다 쿠네쿠네와 조우하고 토리코에게 도움을 받앉지.

처음 이 폐건물에 온 계기는 뭐였더라── 맞다, 그 무렵엔 사고 건물에 흥미가 있었다. 어떤 계기로 여기 정보를 보고 실제로 와봤다가 들어갔고 그래서 아무렇지 않게 뒷문을 열었더니 초원이 펼쳐져 있었고…….

모든 것이 여기서 시작됐는데 되살아나는 기억은 여기저기 애매해서 남의 일 같았다. 애초에 고작 1년 전 일인데 거의 다 잊어버렸다는 사실에 놀라고 말았다.

그 무렵의 자신과 지금의 자신은 마치 다른 사람 같았다.

예전의 자신이 뭘 했는지 어떤 생각을 했는지 더는 생각나지 않았다.

대조적으로 토리코와 만난 이후의 기억은 선명했다. 비교해보면 너무나도 차이가 커서 마치 흑백이었던 세계가 그 날을 계기로 갑자기 색을 머금게 된 것 같았다.

난 건물 안을 가로질러 뒷문으로 다가갔다.

사라져버린 게이트가 혹시 부활하진 않았을까……하고 어렴풋이 기대하면서 손잡이에 손을 대고── 돌렸다.

그렇게 안성맞춤인 일은 일어나지 않았다.

두근거리며 밀어서 연 문 너머는 역시 평범한 뒷골목. 황폐해진 콘크리트 지면에는 실외기에서 흘러나온 물로 큰 웅덩이가 만들어져 있었다. 쿠네쿠네가 있던 늪지를 조잡하게 흉내 낸 것 같아서 왠지 안타까웠다.

미지의 초원으로 이어지는 입구가 별로 색다를 것 없는 단순한 문으로 돌아가 버렸다는 사실을 알게 됐을 때 난 굉장히 충격을 받았다. 계속 찾아 헤맸던 장소로 이어지던 길이 눈앞에서 막혀버렸으니까.

그때 토리코는 본인이 아는 게이트로 데리고 가겠다고 했지만 난 거부했다. 됐습니다, 괜찮으니까, 라고 답한 기억이 있다. 뭐가 괜찮은 걸까. 토리코가 일부러 대학까지 찾으러 오지 않았다면 난 그 이후 어떻게 됐을까. 게이트를 계속 찾아다니며 아바라토처럼 됐을지도 모른다. 이세계를 찾아다니며 대학 따위 내팽개치고 점점 사회에서 괴리되고……. 나에겐 충분히 그렇게 될 동기도 자질도 있었다. 그걸 생각하면 코자쿠라가 우려하는 것도 이해할 수 있었다.

웅덩이에 비치는 자신을 내려다보며 생각에 빠졌다 문득, 그러고 보니 이쪽 문에서 건물로 출입하려고 한 적이 없다는 걸 깨달았다.

골목으로 나가서 아케이드 쪽으로 걸어가 보니 맹꽁이자물쇠로 잠긴 쇠창살이 가로막고 있었다. 반대쪽으로도 돌아가 보니 바로 막다른 골목이 나왔고 다른 건물 뒷문이 몇 군데 보였다. 그래, 애초에 이쪽에서 들어가는 건 무리였을까. 처음 여기 왔을 때 검토 정도는 했었나? 전혀 기억이 안 나.

원래 왔던 뒷문을 통해 안으로 돌아가려다 난 걸음을 멈췄다.

문이 닫혀 있었다.

응……? 닫았나? 내가?

무의식적으로라도 그런 짓을 했을 것 같진 않은데…….

이상하게 여기면서 다가가 문손잡이를 잡았다.

움직이지 않았다. 문이 잠겨 있었다.

"으응? 거짓말이지?"

자동으로 잠겼나? 아니, 아니, 그렇게 제대로 된 기구는 안 달려있는 어디에나 있을 법한, 열면 열리는 문이었을 텐데. 아니면 이 문도 망가져서 바람에 닫히는 순간 잠겨버렸을까.

큰일이네. 미기와가 사용하던 그 치트 도구, 무슨 열쇠에 대해 자세히 들어둘 걸 그랬네.

쇠창살에 달린 맹꽁이자물쇠를 총으로 쏴서 날려버리는 영화 같은 일을 할 수는 없으니까……여차하면 골목과 접한 다른 건물 뒷문으로 몰래 도망칠 수밖에 없으려나.

실수했다고 생각하면서 한 번 더 문손잡이를 시험해보려고 했을 때 안에서 소리가 들렸다.

(──거기서 다른 사람 못 봤어?)

놀라서 손이 멈췄다. 아는 목소리였다.

문 너머라 흐릿해도 잘못 들을 리 없는── 토리코의 목소리야!

몰래 미행해서 못된 장난이라도 할 생각으로 문을 잠갔나? 그렇게 생각한 것도 잠시, 또 하나의 목소리가 들렸다.

(못 봤어. 〈뒤편〉에서 만난 건 네가 처음이야.)

내 목소리였다.

무슨 일이 일어나고 있는지 이해하지 못한 채 굳어버린 사이에도 실내에서의 대화는 이어졌다.

(그래?)

(누굴 찾고 있어?)

(뭐, 그냥.)

기억이 되살아났다. 이건 나랑 토리코가 처음 만나서 이세계에서 돌아왔을 때 나눈 대화였다. 현실 세계로 귀환해서 비현실감에 대한 고양감과 위험한 장소에서 도망친 허탈감이 뒤섞인 상태에서 나눴던 대사.

문을 응시하는 내 귀에 내 목소리가 들려왔다.

(그러고 보니 아까 말했었지──.)

뭐야, 이건……?

우리의 과거 대화를 당사자들의 음색으로 듣고 있으니 순간 어지러웠고 의식이 멀어지는 듯한 감각에 사로잡혔다. 이대로 듣고 있으면 머리가 어떻게 될 것 같았다.

내 목소리가 주저하는 듯, 살피는 어조로 말했다.

(──사츠키 씨……였던가?)

충동적으로 난 문을 손으로 내리쳤다.

쾅! 삐걱거리던 문이 큰 소리를 내며 떨렸다.

실내의 대화는 딱 멈췄다. 골목까지 울리던 소리가 사라지고 긴장된 정적이 찾아왔다.

문 안에서는 아무것도 들리지 않았다. 그저 이쪽을 엿보는 듯한 기척이 느껴지는 것 같았다.

난 문에 달라붙어 문구멍에 얼굴을 가져다댔다. 밖에서 안이 보이지 않는다는 건 알고 있었다. 렌즈 앞으로 사람이 다가오면 어두워질 테니까 그 정도는 알 수 있겠지…….

움직이지 않고 숨을 멈춘 채 당분간 상황을 살폈지만 안에서 무언가가 움직이는 모습은 느껴지지 않았다.

문구멍에서 살짝 눈을 떼고 또 한 번 문손잡이를 잡았다.

간단하게 돌아갔다.

그렇게 나온다고? 또 뭔가 이세계의 음모? 과거의 대화를 들려주면서 뭘 하고 싶은 거야? 보여주고 싶은 거라도 있어?

피어오르는 공포를 분노와 적의로 억눌렀다.

무슨 생각인지 모르겠지만 도발에 응해줄게——.

숨을 고른 후 난 단숨에 문을 잡아당겨 열었다.

그곳에서 뭘 보게 될지 난 어느 정도 예측하고 있었다.

그때의 나와 토리코를 이세계의 인간과 비슷한 존재가 모방하고 있거나.

아니면 목소리만 들렸을 뿐 실제로는 아무도 없거나.

혹은 몰래 날 따라온 카스미가 소리를 흉내라도 내고 있거나.

지금까지의 패턴이라면 그 정도겠지.

어느 것도 아니었다. 전부, 틀렸다.

건물 안, 테이블을 사이에 두고 두 사람의 인영이 앉아 있었다.

한 명은 나였다. 한눈에 알 수 있었다—— 도플갱어였다. 지금까지 몇 번인가 눈앞에 나타났던 음침한 얼굴의, 나의 닮은 꼴.

또 한 명은 긴 검은 머리에 안경을 낀 검은 옷의 여자였다.

"우루마…… 사츠키."

여자의 이름이 입에서 흘러나왔다.

출입구에 멈춰 선 나에게 두 사람은 시선을 주지 않았다.

도플갱어는 양손을 테이블 위에 올려두고 마주앉은 여자를 빤히 바라보고 있었다.

우루마 사츠키가 오른손을 내밀어 도플갱어 뺨을 어루만졌다. **나의** 뺨을. 그래도 도플갱어는 움직이지 않았다. 파랗게 빛나는 여자의 눈동자를 홀린 듯 들여다보고 있었다.

난 가방 속을 더듬어 마카로프를 꺼냈다.

발밑에 가방이 떨어졌다. 먼지가 떠올랐다. 한순간 시선을 밑으로 향해 슬라이드를 살짝만 당겨 장전을 확인했다. 나의 그림자로 주변이 어두운 가운데서도 탄피의 희미한 빛은 눈에 들어왔다.

시선을 옮겼다. 두 인영의 모습은 변하지 않았다.

안전장치를 벗기고 우루마 사츠키에게 총구를 겨눴다. 두 사람 다 일체 반응하지 않았다. 내가 안 보이는 것 같았다.

오른쪽 눈에 의식을 집중시켜도 두 사람의 모습은 변하지 않았다. 그대로였다.

이건 무슨 '현상'이지……?

그때 돌연 전화벨 소리가 울려 퍼졌다.

──내 스마트폰이었다.

그 자리에 어울리지 않는 벨소리가 폐건물 안에 울려 퍼졌다.

바지 주머니에서 꺼내 힐끔 보니 토리코에게서 온 전화였다.

도플갱어도 우루마 사츠키도 반응하지 않았다. 오른손에 든 총을 그대로 두고 왼손으로 전화를 받았다.

"아……네."

"아, 소라오. 지금 시간 괜찮아?"

"아, 응."

반사적으로 대답하고 말았다. 괜찮을 리가 없었지만 때를 놓친 후였다.

이쪽 상황을 알 리 없는 토리코가 전화 너머에서 얌전한 목소리로 말했다.

"얼마 전엔 미안. 갑자기 그렇게 화내서."

"아니, 전혀. 그보다, 응, 그냥 괜찮아."

들뜬 마음으로 난 말했다. 눈앞의 광경과 전화 속 대화가 전혀 맞물리지 않아 머리가 혼란스러웠다.

"아니, 괜찮지 않아. 내 이야기 좀 들어줘."

진지한 목소리로 토리코가 말했다.

"있잖아. 난 둘이서 경험할 수 있는……다양한 일들을 되도록이면 놓치고 싶지 않아."

"그건 뭐, 알아."

"응, 그 이유 말인데——."

한동안 입을 닫았다 결심한 것처럼 토리코는 말을 이었다.

"지금까지 나의 소중한 사람들은 전부 갑자기 사라졌으니까."

"……으응."

부모님도.

우루마 사츠키도──.

"그래서 뒤에 그때 그렇게 할 걸 그랬다고 더는 후회하지 않도록 뭔가 같이 할 수 있는 기회가 있다면 절대로 놓치지 않으려고."

"그렇구나."

"그래서 소라오 생일도 올해는 제대로 축하해주고 싶었어. 작년에는 물어볼 타이밍을 놓치고 어느새 시간이 지났으니까."

토리코 목소리가 떨려서 난 동요했다.

"그런데 또 물어볼 기회를 놓치고 이미 지나간 게 너무 충격이라⋯⋯."

"저기, 울지 마."

"안 울거든⋯⋯."

훌쩍훌쩍 코를 훌쩍이고 헛기침을 하며 토리코가 말했다.

"그래서 얼마 전에 이성을 잃었어. 미안해. 사과하고 싶어서 ──그것뿐이야."

전화 목소리에 귀를 기울이면서 난 눈앞에서 마주하고 있는 두 개의 인영을 바라보았다.

토리코. 너의 과거의 '소중한 사람'은 지금 내 눈앞에서 **나에게** 손을 대려고 하고 있어.

나랑 네가 눈앞에서 통화하고 있는데 알아차리지도 못해.

너 같은 건 생각도 안 해, 이 여자.

"알았어, 토리코."

난 말했다.

"나야말로 미안. 내 생일이 토리코에게 그렇게 중요하다는 걸 전혀 몰랐어."

"……."

"난 그런 기념일이라는 데에 흥미가 없는 인간이니까."

"후훗. 알아."

웃음 섞인 목소리로 토리코가 답했다.

"토리코의 생일도……지금은 기억하지만 어쩌면 무심코 잊어버릴지 몰라. 그것도 미안해."

"잠깐만, 먼저 사과하지 마."

"하지만 딱 하나, 확실하게 기억하는 날이 있어."

"뭐? 언제?"

"5월 14일. 나랑 토리코가 처음 만난 날."

"……."

"기억해?"

"물론이지."

토리코가 바로 대답했다.

"나에겐 그날이 생일 같은 날이야."

"뭐……?"

"실제로 그날보다 이전의 일은 별로 기억 안 나. 그러니까……모레잖아, 5월 14일이. 그날을 기념일로 하자. 그럼 축하할 수 있잖아."

"……."

"어때?"

"소라오……."

토리코의 목소리가 떨려서 난 초조해졌다.

"아, 안 될까?"

"그렇지 않아……!"

토리코가 큰 소리로 말했다.

"그렇지 않아. 기뻐. 고마워."

"그, 그래? 다행이다."

그렇게 감격할 일인가?

"하지만! 그건 그렇다 치고 생일도 축하할 거야."

"아, 네."

확고한 의지가 담긴 선언에 무심코 수긍하고 말았다.

"그럼 그렇게 하자……. 자세한 이야기는 나중에 해도 돼?"

"응. 아, 지금 밖이야?"

"뭐, 응."

"오케이, 그럼 나중에 다시 이야기 해."

통화가 끝났다. 방금까지 울 것 같았다고는 생각할 수 없을 정도로 토리코 기분이 좋아졌기 때문에 다행이라고 생각했다.

그럼……문제는 이쪽이었다.

스마트폰을 주머니에 찔러 넣고 또 양손으로 마카로프를 다시 잡았다. 통화하고 있는 동안 계속 오른손으로만 들고 우루마 사츠키를 노리고 있었기 때문에 이미 팔이 한계였다.

"……이제 와서 무슨 목적으로 둔갑하고 나타난 거야?"

난 투덜거렸다.

"이미 인간이 아니잖아. 빈껍데기잖아. 이세계의 에이전트인지, 인터페이스인지 뭔지 모르겠지만——그 모습은 벗으면 안될까. 왜냐하면 토리코가…….."

잠시 주저한 후 말을 이었다.

"……토리코가 너무 가엾잖아."

내가 그렇게 말했을 때였다.

울트라 블루의 눈동자만이 안경 밑에서 움직였다. 우루마 사츠키가 곁눈질로 날 쳐다보았다.

"정말 그렇게 생각해?"

오싹, 등줄기에 소름이 끼쳤다. 그 목소리! 낮고 차분하고 깊고 침착하고 마비될 것 같은 목소리. 우루미 루나처럼 특별한 힘도 싣지 않았을 텐데 그 이상의 무시무시함이 느껴지는 소리.

사람을 지배하는 여자의 목소리였다.

반사적으로 방아쇠를 당겼다.

찰카닥! 공이치기가 금속을 두드리는 둔탁한 소리가 울려 퍼졌다.

……불발이었다.

허를 찔린 난 총을 내려다보았다. 분명 그랬는데. 묘하게도 내 손에 총은 없었다. 시야에 들어오는 건 먼지 쌓인 테이블 상판이었다.

다시 고개를 들었을 때 난 우루마 사츠키와 정면에서 마주보고 있다는 사실을 깨달았다.

어느새 난 도플갱어가 있던 장소에 대신 앉아 있었다. 처음부터 총 같은 건 뽑아들지 않았던 것처럼 양손은 테이블 위에 있었다.

우루마 사츠키의 손이 내 뺨을 만졌다.

경악에 얼어붙은 나에게 얼굴을 들이밀고 우루마 사츠키가 말했다.

"정말 그렇게 생각해?"

이세계
Otherside
Picnic
7
달의 장송
피크닉

Toilet Paper Moon

1

"정말 그렇게 생각해?"

테이블 맞은편에 우루마 사츠키가 앉아 있었다.

긴 소매의 검은 옷. 윤기 나는 검은 머리. 초록빛 굵은 안경 안으로 빛나는 울트라 블루 눈동자.

내민 오른손이 가만히 내 뺨에 닿았다.

움직일 수 없었다.

손을 뿌리치지도 못하고 난 굳어 있었다.

만나는 건 처음이 아니었다. 이 여자와는——이 여자의 모습을 한 존재와는 몇 번이나 만났다. 그때는 평면적인 시각으로. 어떨 때는 그저 짙은 인기척으로.

그리고 어떨 때는 인간다움이 눈곱만큼도 남지 않은 괴물로.

이번에는 과거의 어느 것과도 달랐다.

눈앞의 여자는 대단히 **인간다웠다.**

불과 몇 초 전까지는 마네킹처럼 굳어 있던 인간 형태의 존재에 갑자기 생명이 깃든 것 같았다. 얇은 막을 한 장 남길 정도의 세밀한 위치에 놓인 손바닥이 내가 옅게 숨을 쉴 때마다 뺨에 닿았다. 오싹거리는 감촉이 피부를 지나 등으로 퍼졌다. 인간의 피부 냄새와 체온이 전해졌다.

"우루마……사츠키……."

간신히 그렇게 말하자 여자는 긍정하는 듯 미소 지었다.

"카미코시 소라오 씨."

이름을 불리고 얻어맞은 듯한 충격을 받았다. 나도 모르게 굉장한 기세로 물러났다. 등 뒤로 의자가 삐걱거렸다.

손을 허공에 남겨둔 채 이쪽을 바라보는 우루마 사츠키를 난 노려보았다.

"이제 와서…… 뭘 하러 온 거죠?"

악다문 이 사이로 말을 짜냈다.

"만나러 왔어. 당신을."

표정은 바꾸지 않은 채 재미있어하는 듯한 울림의 목소리였다.

"어째서?"

"당신에게 흥미가 있어서."

"난 흥미 없어. 사라져. 지금 당장."

"사라지라고? 재미있는 말을 하네."

우루마 사츠키가 팔을 내렸다. 테이블 표면은 낡은 전단이나 청구서가 습기 찬 상태로 붙어 있는 데다 두꺼운 먼지로 덮여 있었다. 그런데도 더러워질까봐 신경 쓰는 기색이 없었고 주저 없이 손을 올려놓았다. 덕분에 조금은 정신을 차릴 수 있었다. 이 행동은 이상해. 적어도 지금 눈앞에 있는 건 제정신인 인간이 아니야.

상황을 파악하려고 바로 앞으로 시선을 떨궜다. 내 양손도 테이블 위에 놓여 있었다. 도플갱어가 그렇게 하고 있었던 것과 완전히 똑같았다.

내 총은 어디 있지……?

곁눈질로 훑어보니 방금까지 내가 서 있었던 장소에 가방이 떨어져 있었다. 바닥에 옆으로 쓰러진 채 열린 틈 사이로 내용물이 보였다. 빈틈으로 보이는 검은 빛이 반짝이는 금속은 틀림없이 마카로프였다. 확실히 뺐을 텐데. 어디부터 현실이고 어디부터가——?

혼란스러운 나에게 여자가 말했다.

"나에 대해 들었어?"

대답 않고 노려봤지만 우루마 사츠키는 동요하는 기색도 없었다.

"못 들었어."

"못 들었어?"

"말했잖아, 흥미가 없다고."

한 마디 한 마디에 담긴 혼신의 적의가 정체 모를 미소에 잡아먹혔다.

나의 몸과 마음 전부가 요란한 경보를 울리고 있었다.

안 돼. 이 여자랑 말하면 안 돼.

이 녀석은 마물이야.

해 질 녘 길 맞은편에서 다가오는 정체 모를 그림자. 한밤중에 현관문을 두들기는 소리. 몹시 황폐해진 폐허에서 밝게 부르는 소리.

그런 것에 인간은 상관해선 안 된다.

말을 걸어도 반응해선 안 된다. 얼굴을 보기만 해도 지장이 생긴다.

안 보이는 척하고, 무슨 말을 들어도 무시하고, 고개를 숙이고 지나가야 한다.

이 여자는 그런 존재였다.

설령 살아서 움직이는 인간이라 해도 존재가 **근본적으로 그랬다**.

잠깐 말을 섞기만 해도 그걸 알 수 있었다.

왜냐하면——.

스스로도 인정하기 싫은 사실을 자각하고 난 전율했다.

왜냐하면 이 녀석을 그만큼 싫어하고 흥미를 갖지 않으려고 했던 내가.

잠시 말을 섞기만 했는데도 이 여자에게 **끌리기 시작했으니까!**

그걸 감지한 듯 우루마 사츠키가 말했다.

"난 만나고 싶었어. 카미코시 소라오 씨."

"이름 부르지 마."

반사적으로 대답하고 말았다.

"왜? 멋진 이름인데."

"당신에게——그렇게 편하게 불릴 이유가 없으니까."

"이미 몇 번이나 만났잖아."

빠져들 것 같은 미소. 이상한 상황, 이상한 상대, 그걸 이해하고 있다고 해도.

코자쿠라가 우루마 사츠키를 표현했던 말을 떠올렸다. '다가오는 인간을 닥치는 대로 매료시켜서 알맞게 이용하는 태어나면서부터 알파 피메일'——.

그 말이 무엇을 의미하고 있는지 난 정확하게 이해하지 못했었다.

그저 그곳에 있기만 해도 사람을 지배할 수 있는 그런 여자가 존재한다는 것을.

제1위 암컷, 알파 피메일. 원래는 동물행동학 용어였다. 무리의 정점에 선 암컷 개체. 지금 내 눈앞에 있는 건 그런 여자였다.

"이야기 좀 해."

"할 말 없어——."

"저 문, 못 쓰게 돼서 아쉽네."

나의 저항을 무시하고 우루마 사츠키가 말했다.

"모처럼 발견한 입구. 당신 혼자 최선을 다했는데."

다 아는 듯 말하는 모습에 욱하는 날 향해 그녀는 말을 이었다.

"진보쵸 엘리베이터, 편리하게 사용하는 것 같아 다행이야. 거긴 사다리가 길어서 힘들지?"

"……."

뼈대만 남은 건물 바닥을 뚫고 구멍을 내 지상까지의 지름길을 만들겠다는 계획은 골든위크 중에 실행에 옮겼다. 불과 일주일인가 그 정도 전이었다. 그 일을 말하지 않는다는 건 전부 내다보고 있는 건 아닌 것 같았다.

눈앞의 여자를 어떻게 간주해야 할지 난 필사적으로 고민했다.

이 녀석은 아직 살아있는 인간인가? 완전히 변질돼버린 제4종 접촉자인가? 아니면 내 머릿속에서 그렇게 보이는 것뿐인 '현상'인가? 지금까지 내 앞에 나타난 「우루마 사츠키」는 지금 내가 말하고 있는 존재와 똑같은가? 이세계의 다양한 존재가 「우루마 사츠키」의 모습을 빌린 것뿐이었나?

오른쪽 눈에 의식을 집중시켰다. 숨겨진 모습이 드러나지는…… 않았다. 적어도 본 그대로의 모습을 하고 있었다. 즉, 살아있는 인간으로 보였다.

인간다운 인간의 모습으로——.

입을 닫고 노려보자 우루마 사츠키가 고개를 갸웃거렸다. 검은 긴 머리가 스르륵 흘러내렸다.

"뭔가 묻고 싶어?"

뭘 물어도 대답해줄 것 같은 깊고 부드러운 목소리. 사람을 가르치고 타이르고 그리고 어딘가 멀리 데리고 가는 자에 어울리는 목소리 울림에 휘청거렸다.

우루마 사츠키는 가정교사였다고 들었다. 토리코도 아카리도 그렇게 알게 됐다고. 그렇게 걸려든 아이가 몇 명일까.

아카리가 고양이 닌자의 표적이 됐던 건「우루마 선생님」에게 받은 부적이 계기가 되었다. 나랑 토리코가 개입하지 않았다면 그 이후 어떻게 됐을까. 사실 토리코도 똑같이 어떠한 방법으로 함락될 뻔했을지도 모른다. 도중에「우루마 선생님」이 실종돼서 실행되지 않았을 뿐.

난 입을 열고 직접적으로 물었다.

"당신은 뭐야?"

"난 우루마 사츠키."

"본인이야?"

"당신은 카미코시 소라오 본인이야?"

막힘없는 말투로 역으로 질문을 받았다. 의표를 찔려 머뭇거렸다. 우루마 사츠키는 날 진지한 얼굴로 주시했다. 훼방을 놓거나 놀리는 느낌은 아니었다.

"……그런데."

"산에 가는 괴담이 있잖아."

"……?"

"산에 가서 산의 부름을 받아. 부름을 받고 또 산에 들어가서 더는 돌아오지 않지."

"있는데."

"돌아가지 않은 사람은 어떻게 될까?"

"글쎄. 죽는 거 아닐까."

"생사는 문제가 아니야, 거기까지 **도달**하면."

눈살 찌푸리는 나에게 우루마 사츠키는 미소 지으며 말했다.

"산의 구성요소는 뭐라고 생각해?"

"……나무?"

제대로 생각 않고 대답했다. 산이라는 말을 듣고 내가 떠올린 건 고향인 아키타의 많은 산들이 온통 녹색으로 뒤덮인 모습이었다.

"만약 나무에 지각이 있다고 해도 본인을 산이라고 생각하지 않아. 한 그루의 나무로밖에 생각하지 않지. 그것과 똑같아. 산에 들어간 사람도 어떤 정신 상태였다 해도 인간 그대로잖아. 하지만 바람에 술렁이는 나무. 돌. 새. 암반을 덮은 토양 한 알

한 알. 보금자리에 숨어들어 숨을 죽이는 짐승. 습곡이 된 지층에 잠든 고대의 조개껍데기. 거미집에 떨어지는 아침 이슬. 시체를 분해하는 균류나 토양생물군. 개개의 요소는 전부 다 산은 아니지만 산은 그런 것으로 구성되어 있어. 산에 불려온 사람도 똑같아. 살았든 죽었든."

손을 들어 올리고 다섯 손가락을 가지런히 모아 자신을 가리켰다.

"나도 그래."

그 손목을 가슴 앞에서 날 향해 빙그르르 돌렸다.

"당신도."

난 격렬하게 고개를 가로 저었다.

"아니야. 난 아니야."

"아니, 똑같아."

"난 당신과는 달라!"

나도 모르게 소리를 질렀다. 마치 그 말을 준비하고 기다렸던 것처럼 우루마 사츠키가 입술을 치켜 올렸다.

"역시 제대로 알고 있는 것 같아."

기가 꺾인 순간 테이블 너머의 여자가 발돋움해 커진 것처럼 보였다. 어느 틈에 일어났는지 덮치듯 얼굴이 가까이 다가와 내 얼굴 몇 센티 앞에서 멈췄다.

"전에 약속한 거 기억해?"

"무슨——."

여자가 양손을 뻗어 뺨을 스친 후 귀를 어루만지고 지나간 후

두부 쪽 머리를 빗어 내렸다. 커다란 손. 긴 손가락. 눈앞에서 입술이 열렸다.

"너도 같이 산으로 데리고 가야지."
핏기가 가셨다. **이러다 당하겠어!**

손을 피하려고 힘껏 몸을 젖혔다. 의자가 균형을 잃고 난 등부터 바닥에 쓰러졌다. 위를 보고 발라당 넘어진 채 팔꿈치로 기어 멀어졌다. 테이블 상판에 가려져 우루마 사츠키의 얼굴은 보이지 않았다. 의자 다리 틈으로 검은 옷의 하반신만이 보였다.

바닥에 쓰러진 가방을 손으로 더듬어 찾았다. 마카로프의 서늘한 감촉을 감지해 끌어냈다. 양손으로 잡고 테이블 너머를 겨냥했다.

이대로 쏘려고 했다. 마카로프의 총알은 이런 테이블 정도는 쉽게 관통하겠지. 다만 여기가 현실 세계고 벽 하나 너머에 사람이 걸어 다닌다는 사실이 머리를 스쳐서 마지막의 마지막에 방아쇠를 당기려던 손가락이 멈췄다.

총구를 상대 방향으로 향한 채 신중하게 몸을 일으켰다. 테이블 테두리 너머 여자의 모습이 눈에 들어왔고——.

그 자세 그대로 10초 정도 경과했을까. 난 천천히 총을 내리고 참았던 숨을 토해냈다.

우루마 사츠키는 없었다. 대신 커튼인지 식탁보인지 모르겠지만 불에 타서 그을음으로 새까매진 커다란 천이 아무렇게나 의자에 걸려 있었다. 그런 건 그쪽에는 절대 없었을 텐데.

한동안 그걸 바라본 후 난 쓰러진 의자를 걷어찼다. 분풀이당한 죄 없는 의자가 나의 어중간한 다릿심에 힘차게 날아가지도 않고 바닥을 미끄러져 벽에서 멈췄다.

"제길……!"

입에서 욕이 흘러나왔다. 엄청 화가 났다.

제길. 제길. 제길. 날 바보 취급 하다니.

그 여자. 그런 수법으로 사람들을 감쪽같이 속인 것인가.

아니, 수법이 아니야. 거리감이나 보디 터치, 태도 같은 건 덤이었다. 그 녀석은 인간이라기보다 호랑이나 사자, 불도저 같은 존재에 가깝다. 아무리 의지를 강하게 가지려 해도, 전력으로 저항하려고 해도 그 녀석 앞에 서면 의미가 없었다.

마카로프의 안전장치를 걸고 바닥에 떨어진 가방에서 흘러나온 권총 케이스를 주웠다. 총을 넣고도 울화가 치밀어 오르는 내장의 열기는 식지 않았다.

그 녀석은 날 지배하려고 했다.

무엇보다 충격이었던 건 어느새 나 자신이 그걸 원하고 있었다는 것이다.

가장 화가 나는 건 그거였다. 이런 내가…….

정신을 차려보니 폐건물 안은 이미 어둑어둑해져 있었다. 가방을 주워들고 먼지를 털어냈다. 오늘은 탐험 장비가 아니라 평상복을 입고 와버렸기 때문에 내 몸도 더러워져 있겠지만 조명이 없는 여기서는 잘 보이지 않았다.

잘 알겠다. 확실히 우루마 사츠키는 알파 피메일이라고 형용하기에 어울리는 여자였다.

여자라는 짐승 무리의 보스가 되려고 이 세상에 태어난 인간이었다.

이세계의 깊은 곳에 빠져서 사람이 아닌 것이 된 이후로도 그건 변함없겠지.

원래라면 알 바 아니었다. 흥미도 없었다. 나와 토리코에게 상관하지 않는 한.

우루미 루나의 사교 집단 일로 조우했을 때는 괴물로 전락한 상태였고 토리코도 그 모습에 정나미 떨어져서 그걸로 인연이 끊어졌다고 생각했는데.

하지만 이렇게 또 나타나 사람처럼 말을 하고 찝쩍댄다면 이쪽도 나름의 대응을 하게 된다.

"제길……."

난 또 한 번 중얼거렸다.

어쩔 수 없지. 이렇게 되면 선택지는 하나다.

우루마 사츠키를 **죽일** 수밖에 없어.

2

귀여운 옷을 입고 오라는 게 토리코의 주문이었다.

기대하고 있겠다는 말을 덧붙이며 도망갈 길을 막았기에 난 정말 고민해야 했다.

──호텔 뷔페엔 뭘 입고 가야 해?

5월 14일, 두 사람이 처음 만난 기념일.

러브호텔에서의 여자 모임으로 토리코도 학습해버린 듯 오미야에서 전화한 다음날 이미 장소도 시간도 결정되어 있었다. 케이오 플라자 호텔 디너 뷔페. 코스 요리로 두 명, 저녁 7시로 예약 끝.

하지만 고급 호텔에서 디너라니, 엄청 비싼 거 아니야? 우린 아직 학생이고 분에 넘치는 건 아닐까……라는 무익한 저항을 시도한 나에게 토리코는 아무 말 없이 예약 화면 스크린 샷을 보냈다. 뭐야, 생각보단 적당한 가격이네.

"소라오가 또 말을 장황하게 늘어놓기 전에 결정했어. 괜찮지?"

"아, 네……."

"기대된다."

"그러네요."

"진심을 담아 대답해. 집까지 데리러 갈까?"

"됐어, 됐어. 괜찮아. 갈게."

"좋아."

전혀 좋지 않았다. 호텔 웹 사이트를 확인해보니 드레스 코드 항목이 있었고 우와, 덕분에 살았네, 라고 생각했는데「T셔츠, 반바지는 불가」정도만 쓰여 있었다.

평소처럼 인터넷을 의지해 알아보니 페미닌 코디, 모드 코디, 캐주얼 코디, 구제 스타일 코디 등등 여성스러운 조합이 다양하게 나와 있었다. 무섭게도 전부 느낌이 오지 않았다. 무엇 하나. 간신히 나에게 어울릴 만하다고 생각할 수 있는 건 파카나 아웃

도어 계열의 스타일 정도였지만 아무리 그래도 호텔 레스토랑과는 어울리지 않는다는 걸 나도 알고 있었다.

토리코의 영향으로 옛날에 비해 패션 지식은 현격히 늘었고 함께 거리에 나갈 때는 나름대로 노력하곤 있지만. 그런 건 임시변통에 지나지 않았다는 게 이런 식으로 **제대로** 된 차림을 요구받았을 때 드러나게 된다.

몇 안 되는 옷을 늘어놓고 끙끙 신음하다 이 정도면 무난할 것 같다고……생각할 수 있는 조합에 이른 건 당일이 되고 나서였다. 원피스에 카디건을 겹친 엄청 심플한 코디. 둘 다 이전에 토리코와 외출할 때 추천에 따라 산 옷이니까 적어도 엄청난 실수는 아닐 것이다. 이걸로 얼마나 고민했는지 생각해보니 바보 같았다. 그냥 직접 고민하지 말고 옷가게로 가서 대충 마네킹이 입고 있는 옷을 그대로 사는 게 빠르지 않았을까……?

또 하나 난감한 게 가방이었다. 항상 등산용 배낭에 토트백에 클러치백까지 실용성을 중시한 가방만 들고 다녔고 그걸로 충분히 만족하고 있었다. 하지만 이 경우엔 아마 아니겠지. 나름대로 귀여운 가방을 들지 않으면 이상하게 보일 것이다.

뒤로 미루면 회복하기 어려울 것 같아서 서둘러 쓰기 편해 보이는 걸 인터넷으로 사버리고 말았다. 태블릿이 들어가는 사이즈의 심플한 가죽 숄더백. 다음날 도착한 가방을 열어 마카로프가 잘 들어가는 걸 확인했으니 이제 그걸로 됐다고 생각했다.

화장은 평소처럼 최소한으로……이것만은 노력할 생각이 들지 않았다. 어쨌든 옆에 있는 사람이 그 토리코니까 아무리 기합을 넣는다 해도 소용없을 것 같다는 기분이 들게 된다. 이전에 무슨 기회로 토리코에게 그렇게 말했더니 슬퍼하는 표정을 지었었지. 화장은 그런 게 아니라면서. 다른 사람과 비교하며 이러쿵저러쿵 생각하는 게 안 좋다는 건 뭐, 알지만 지금으로서는 동기 부여가 생기지 않았다. 고등학교 때까지 얼굴에 바르는 건 립크림 정도인 생활을 했으니 이 부분은 좀 봐줬으면 좋겠다.

외출 준비를 마치고 욕실의 작은 거울로 확인했다. 정말 모르겠어. 일절 확신이 들지 않는다니까. 이걸로 괜찮을까. 뭔가 간과한 건 아닐까? 과한 생각일까……?

됐어, 이제. 가자, 가자.

귀찮아진 난 생각을 관두고 나가기로 했다.

그리고 현관에서 간과한 걸 깨닫고 얼굴을 감쌌다.

구두…….

몰라! 이제 됐어!

혼자 적반하장으로 화를 낸 난 늘 신던 스니커에 발을 구겨 넣고 발끈해서 밖으로 나갔다.

시간에 여유를 갖고 집을 나왔는데 결국 약속시간에 아슬아슬하게 도착했다. 도중에 냉정을 되찾고 역시 늘 신던 신발 그대로는 안 될 것 같아서 물티슈를 사 역 화장실에서 스니커를 닦은 탓이었다.

약속 장소인 호텔 2층 로비로 달려가자 토리코가 소파에서 일어나 날 맞이했다.

"미안, 늦었지?"

"아냐, 딱 맞춰 왔어."

오늘 토리코는 길이가 긴 검은 레이스 원피스에 흰색에 가까울 정도로 연한 물빛 재킷을 소매를 통과하지 않고 어깨에 걸치고 있었다. 장갑은 양손에 끼고 있었고 이것도 검은색이었다. 손등 중간까지밖에 안 오는 하프 글로브? 라는 타입이었다. 왼손의 투명한 부분이 숨겨지지 않는 건 굳이 그대로 놔두는 모양이었다. 귀에는 은색 피어스가 빛나고 있었다. 나의 시선을 느꼈는지 토리코가 가볍게 양팔을 벌렸다.

"어때?"

"괜찮은데?"

솔직히 대답하자 토리코는 생글거리며 수줍게 웃었다.

"소라오도. 정말 귀여운 옷을 입고 와줬어."

"이상하지 않아?"

"전혀……."

토리코의 시선이 위에서 아래로 내려갔고 신발에서 멈췄다. 아아──, 역시 눈감아줄 수 없었던 모양인가 싶어 걱정했는데 토리코가 예기치 않게 씨이익 웃었다.

"역시 그렇겠지."

"응?"

"나도 신발은 엄청 고민했거든."

확인해보니 토리코는 복사뼈까지 덮이는 가죽 부츠를 신고 있었다. 세련됐지만 펌프스나 샌들은 아닌 제대로 된 신발이었다.

"힐이 있는 구두를 못 신게 됐어. 언제 이세계를 헤매게 될지 모르니까……."

"……그렇지."

단순히 생각이 미치지 않았을 뿐이라는 걸 전혀 티내지 않고 난 깊게 수긍했다.

"그럼 갈까? 엘리베이터 타고 가야 하는 거지?"

"이 층이야."

"뭐? 전망 레스토랑 아니었어?"

"여기 뷔페는 2층. 그러니까 그렇게까지 안 꾸며도 된다고 했잖아."

"아, 그래……?"

야경이 보이는 굉장히 고급스러운 가게를 멋대로 상상했기 때문에 맥이 빠졌다. 그 틈을 타 토리코가 자연스럽게 손을 내밀었기 때문에 그냥 잡고 말았다.

둘이서 로비에서 레스토랑을 향해 걷고 있는데 싱글거리며 토리코가 얼굴을 가까이 가져다댔다.

"소라오."

"응?"

"구두 깜빡했지?"

"……."

"다음에 사러 가자. 귀엽고 움직이기 쉬운 걸로."

"잘 부탁드립니다."

"오케이."

즐거워 보이는 토리코를 보고 있자니 왠지 가슴 안쪽이 꽉 조이며 애달파졌다.

뭐지, 이건. 이상한 느낌이야.

이 감각이 강해지면 울기 시작할 것 같은 기분이 들었다.

레스토랑 입구에서 토리코가 예약을 알리고 자리로 안내받았다. 확실히 분위기는 좋았지만 그렇게 딱딱한 느낌은 아니었다. 뷔페 테이블로 요리를 가지러 가는 사람이 가게 안을 오가고 있었다.

"우리도 갈까?"

"코스니까 처음에 전채가 나올 거야."

"아, 그래?"

첫 음료는 두 사람 모두 스파클링 와인을 주문했다. 전채 요리와 함께 나왔기 때문에 바로 둘이서 잔을 맞부딪쳤다.

"자, 그럼."

"만난 지 1년 축하해!"

"축하해."

축하해도 되는 걸까? 뭐, 괜찮겠지.

달콤하고 탄산이 가득한 차가운 와인이 목으로 흘러들어왔다.

한숨 돌리고 다시 얼굴을 마주보았다.

"하아. 1년이 지났네."

"응."

"못 믿겠어."

"어떤 부분을?"

"엄청 길게 느껴졌거든. 이제 1년밖에 지나지 않았다는 게 거 짓말 같은 느낌이야. 토리코는?"

"나도 그래."

"어릴 때는 1년이 엄청 길었잖아. 그것보다 훨씬 더 길었어."

"이해해. 그건 대체 왜 그럴까."

"아이들은 보는 것도 듣는 것도 전부 다 새로우니까 정보의 밀도가 높은 걸지도 몰라. 성장하면서 아는 게 늘어나면 그게 줄어들고──."

"뇌의 부하가 줄어들면 시간이 빨리 흘러가나?"

"그런 거 아닐까?"

"그럼……아이가 시간을 길게 느끼는 건 컴퓨터가 느려지는 것과 똑같은 원리인가?"

"응? 아니, 정말 그런 거 아닐까? 들어오는 정보 처리 속도를 따라잡지 못하니까 시간이 느리게 흘러간다고 느끼는 걸지도 몰라."

"그럼 우리의 1년은 어릴 때 이상으로 뇌가 노력했다는 거구나."

"정말 노력했다고 생각해. 까닭을 알 수 없잖아, 이세계는."

"뇌에 안 좋아!"

"안 좋아, 뇌에."

둘이서 쿡쿡 함께 웃었다. 1년 동안 터무니없이 이상한 경험을 했다. 여기에 있는 누구도 우리와 같은 인생은 보내지 않았다. 그렇게 생각하면 어른의 눈이 닿지 않는 장소에서 나쁜 장난을 치고 있는 듯한 꺼림칙함과 우월감이 뒤섞인 감각이 복받쳤다.

벚꽃새우와 백합근으로 만든 전채를 쿡쿡 찌르면서 그런 이야기를 나눴더니 처음 한 잔은 금방 비우게 됐다.

"소라오는 다음에 뭐 마실래? 난 화이트 와인으로 할까?"

"뭘 먹는지에 따라 다르겠지. 요리는 이제 갖고 와도 돼?"

"응. 먼저 다녀와."

"그럼 갔다 올게."

여기선 둘 다 자리를 비워도 뭐, 괜찮겠지만 가방에 총을 숨기고 있는 몸이라 만에 하나 무슨 일이 일어났을 때가 무서웠다. 우리는 교대로 뷔페 테이블로 가 요리를 물색했다.

갓 튀긴 튀김과 진주담치, 푸아그라 딸기 소스가 뿌려진 흑돼지와 산나물 된장 구이, 똠양면, 원하는 그대로 접시에 담았다. 토리코는 라조기, 갈릭 풍미의 닭똥집과 죽순, 가득 담은 생 햄까지 유독 고기가 많았지만 시저 샐러드나 야채 두부껍질말이까지 빈틈없이 갖고 와서 전체적으로 살짝 멋을 낸 느낌으로 담는 데에 성공했다. 술은 두 사람 다 화이트 글라스 와인으로 주문했다.

토리코는 즐거워 보였지만 왠지 계속 안절부절 못하는 것 같았다. 뭔가 말하려고 다시 생각하는 듯한 어색한 침묵도 눈에 띄었다. 난 나대로 머릿속에 우루마 사츠키를 어떻게 할지 그 문제가 계속 머물러 있었기 때문에 처음에는 몰랐지만 토리코가 가끔 다른 곳을 힐끔거리거나 입을 다물고 있었기 때문에 점점 알아차리게 됐다.

뭔가 중요한 말을 하고 싶은 것 같았다.

이 기념일에 멋을 부리고 나를 격식 있는 장소로 데리고 왔으니 뭔가 의미가 있겠지.

중요한 이야기라는 건 즉, 좋아한다거나, 사귀자거나 하는······ 그런 이야기겠지.

그 정도는 나도 헤아릴 수 있었다.

하지만 그 말을 들으면 난 우루마 사츠키에 대한 이야기를 해야 한다. 또 그 녀석이 돌아왔다는 사실을 전해야 했다.

거짓말은 못 해······하기 싫어. 거짓말을 한다 해도 내 성격상 어차피 들키겠지. 전에도 들켰으니까.

실제로 이 일을 나 혼자 떠안고 있는 건 무리였다. 비밀을 무덤까지 갖고 간다는 표현도 있지만 아니, 그건 무리야, 무리. 우루마 사츠키의 실종은 토리코의 마음속 깊은 곳에 뿌리를 내리고 있었다. 그 여자가 돌아왔다는 사실을 비밀로 한 채 우리가 앞으로 어떻게 할지에 대한 이야기는 도저히 할 수 없었다.

아아, 싫다.

우루마 사츠키 이야기를 꺼내면 이 아름다운 얼굴이 흐려지고 또 울겠지.

오늘 축하 파티를 계속 기대하고 있었는데.

무슨 면목으로 돌아온 거야, 그 여자. 정말 용서 못 해.

토리코를 울리기 싫어.

하지만 말해야 해.

난 잔혹하구나…….

"소라오, 뭔가 생각해?"

토리코의 질문에 난 답했다.

"생각해."

"뭘?"

"으——음…… 여러 가지."

"여러 가지라고 답하면 알 수가 없잖아."

"여러 가지는…… 여러 가지야."

"흐——음……."

의중을 떠보는 지금 차라리 말해버릴까 하는 생각이 한 순간 머리를 스쳤지만 토리코가 그만큼 열심히 추궁하지 않았기 때문에 그 기회는 날려버렸다.

두 번째 잔이 이제 곧 비워질 것 같았다. 유리잔 가장자리 너머로 토리코의 모습을 살펴보고 있는데 상대가 먼저 본인의 술을 다 마셔버리고 말았다. 테이블에 빈 술잔을 내려놓고 결심한 듯 입을 열었다.

"저기…… 소라오에게 묻고 싶은 게 있는데."

"으, 응."

자세를 고쳐 잡는 나에게 토리코는 긴장된 얼굴로 말을 이었다.

"최근에 우리 집에 왔었어?"

"……뭐?"

예상 못 한 질문에 얼빠진 목소리가 흘러나왔다.

"아니…… 안 갔는데."

"……그렇겠지, 역시."

"뭐야……응? 무슨 말이야?"

"있잖아, 밤에 소라오가 왔었어."

"왔었다고? 밤에? 언제?"

"그저께."

"안 갔는데……."

그저께라면 오미야의 폐건물에서 우루마 사츠키와 조우한 날이었다.

"새벽 2, 3시 정도였나? 문득 눈을 떴거든. 사람의 기척이 느껴져서 깜짝 놀라서 봤더니 방 안에 소라오가 서 있었어."

"아니, 안 서 있었어, 안 서 있었어, 그럴 리가 없잖아."

"나도 여기 올 리 없다고 생각했는데—— 침대에서 좀 떨어진 어중간한 곳에 서서 아무 말 없이 날 내려다보고 있었어. 깜짝 놀라서 일단 일어나서 무슨 일이냐고 물었지."

"그랬더니?"

"고개를 숙이고 대답하지 않았어. 뭔가 엄청 분위기가 어두웠어. 낙담했달까, 풀이 죽었달까."

"무섭다……."

"나중에 생각해보면 무서웠을 텐데 그때는 전혀 그렇게 생각하지 않았어. 소라오가 풀이 죽었었는데 무슨 일이지, 괜찮을까 걱정만 되고."

"그, 그래?"

어떻게 봐도 무서워할 상황인데 웬일인지 공포가 결여됐었다는 반응은 실화 괴담에서 흔히 있는 일이었다. 이게 그 패턴인지 아니면 토리코의 다정함인지 판단하기 곤란해 난 애매하게 맞장구를 쳤다.

"그래서 어떻게 했어?"

"뭔가 말하기 힘든 일이 있는 것 같아서⋯⋯이쪽으로 오라고 말해봤어. 그랬더니 순순히 다가왔고, 이불을 들어 올렸더니 안으로 들어와서⋯⋯."

"뭐?!"

"그대로 함께 누워서 머리를 쓰다듬고——."

"아니, 아니, 아니, 아니, 잠깐, 잠깐만."

"그리고 정신을 차려보니 아침이었어. 소라오가 없길래 꿈인 줄 알았는데 바닥이랑 시트가 거무스름한 먼지로 더러워져 있었으니까⋯⋯ 그리고 살짝 소라오 냄새도 남아 있었고."

"너 말이야!"

결국 얼굴을 마주하고 너라고 부르고 말았다. 토리코는 깜짝 놀란 얼굴로 날 돌아보았다. 기분 탓인지 눈이 반짝반짝 빛나고 있는데—— 이 녀석 혹시 설레고 있는 거 아니야?!

"아니, 왜 지금까지 아무 말 안했어?"

내가 묻자 토리코는 겸연쩍은 듯 고개를 움츠렸다.

"꿈이라 해도 너무 안성맞춤인 상황이라 부끄러웠어⋯⋯."

——그러셨겠죠!!

머리를 감싸 안은 나에게 토리코가 몇 번이고 확인하듯 물었다.

"안 왔지?"

"안 갔어…….."

"그래? 하지만 이세계와 얽힌 무언가라고 치기엔 안 좋은 느낌이 들지 않았어. 아니, 소라오 본인이라고밖에 생각할 수 없었어. 확실히 분위기는 평소랑 달랐지만 그래도……."

토리코가 말을 도중에 멈추고 내 모습에 고개를 갸웃거렸다.

"혹시 뭔가 짐작 가는 게 있는 거야?"

"……그건 나의 도플갱어일 거야."

"도플갱어……가 뭐였지?"

"또 하나의 자신. 없어야 하는 곳에서 자신을 봤다거나 자신을 직접 대면하는 그런 거. 옛날부터 전해 내려오는 현상으로 자신의 도플갱어와 대면하면 죽는다는 이야기도 있어."

"무서운 이야기잖아!"

"뭐, 그렇지."

"그런 것치고는…… 별로 놀라지 않는 것 같은데 혹시 내 기분 탓인가?"

"아니, 난 몇 번인가 봤어, 그거."

"뭐?! 처음 듣는데?!"

"손님, 마실 것 좀 드릴까요? 물도 있습니다만."

"아, 그럼 레드 글라스와인으로 주세요. 소라오는?"

"아, 같은 걸로……."

"알겠습니다."

점원이 떠나고 우린 얼굴을 마주보았다.

"목소리가 너무 컸나?"

"그럴지도……. 요리 갖고 와도 돼?"

"아, 응."

기분전환하기에는 딱 좋은 타이밍이었다. 또 둘이 뷔페 테이블까지 왕복했고 그라탱, 파에야, 비프 카레까지 레드 와인에 어울릴 만한 고열량 음식을 중심으로 갖고 왔다.

자리로 돌아와 다시 시작하는 기분으로 건배했다.

"그래서—— 몇 번이나 봤다는 게 무슨 뜻이야?"

로스트비프를 씹는 틈에 토리코가 말했다. 셰프가 눈앞에서 고기를 잘라주는 타입으로 나도 같은 걸 갖고 왔다. 자랑하는 일품 음식답게 역시 맛있었다.

"언제부터였을까……그래, 토리코가 혼자 이세계로 갔을 때. 그때 처음 나왔어. 그 이후로도 두세 번."

"왜 말 안 했어? 보면 죽는다는데 무섭지 않았어?"

"으——음, 이건 설명하기 어려운데 뭔가 납득이 갔었어."

"납득이 갔다고?"

"난 중고등학교 때 집이 좀 그랬잖아. 그래서 가끔 내 행동을 객관적이랄까, 남의 일처럼 보는 감각에 빠질 때가 있었어. 도플갱어는 못 봤지만 그야말로 또 하나의 내가 되어서 날 보는 듯한…… 무슨 말인지 알겠어?"

"……응."

"아아, 그런 얼굴 하지 마. 별로 슬픈 이야기가 아니니까. 어쨌든 그런 일이 있었기에 실제로 도플갱어가 나타났을 때 아, 그야 있겠지, 납득할 수 있어, 라는 느낌이 들었어. 다시 생각해보면 뭐, 좀 이상하지만 꽤 쓸모가 있었어, 또 하나의 내가."

"무슨 뜻이야?"

"날 토리코에게까지 데려다준 게 도플갱어였어."

그렇게 말하자 토리코는 깜짝 놀라 눈을 동그랗게 떴다.

"뭐어?"

"내가 모르는 것도 도플갱어가 알고 있는 것 같았어. 나의 무의식 그런 걸까. 성큼성큼 걸어가는 걸 따라갔다가 토리코를 찾았어."

"그런 일이 있었구나……."

"카스미 때도 그래. 쓰레기 산을 가리키길래 들어갔더니 그 아이가 있었어."

"아! 확실히 그때 소라오는 내가 못 보는 뭔가를 보고 있었어!"

"그래, 그거."

기억력이 좋은 것 같다고 감탄하면서 난 고개를 끄덕였다.

"그런 느낌이었으니까 별로 무섭지 않았어. 애초에 도플갱어는 괴기 현상이 아니라 뇌의 오작동일 수도 있다는 설도 있고, 보면 죽는다는 이야기도 뇌종양의 영향으로 그런 환각을 본 사람이 그 바로 직후 죽었기 때문에 생겼을 거라는 설도 있으니까……."

"그건 그것대로 걱정되는데."

"가설의 하나야, 가설의 하나. 그보다 나의 경우엔 DS 연구소에서 꼼꼼하게 뇌도 검사했으니 그런 점에선 괜찮겠지."

작은 접시에 담은 비프카레를 입으로 옮기면서 나는 말했다.

"토리코가 본 난 분위기가 어두웠다고 했는데 내 앞에 등장할 때도 대개 그런 느낌이었어. 나의 소극적인 부분을 농축한 느낌이라 꽤 섬뜩했지."

"으──음, 아니, 잠깐만. 그 도플갱어가 소라오에게만 보였다면 가끔 도움이 되는 환각 정도로 끝났을지도 모르지만 나에게도 보였다면 이야기가 달라지는 거 아니야?"

"그건……그래."

정말 그 말 그대로였다. 아슬아슬하게 나의 머릿속 현상이라고 해석해왔던 존재가 다른 사람에게도 보이다니……. 게다가 뭐야? 이불속으로 들어와? 함께 잤다고? 내가 뭐 하러 간 거야??

토리코도 토리코지만 나도 나야. 아니, 내가 아니라 도플갱어지만, 설사 무의식중에 저지른 짓이라 해도 절조가 너무 없잖아.

"또 한 명의 소라오, 아싸나 그런 게 아니라 굉장히 힘들어 보였어. 아무 말도 안 했지만 그건 아마 나에게 죄책감이 있었을 거야."

"아니, 어떻게 그것까지 알아?"

"모를 거라고 생각해?"

가볍게 웃으며 묻자 자신만만하게 답했다. 제길…….

토리코는 미소 지은 채 날 보며 우위를 확신한 인간의 어조로 말했다.

"그래서? 죄책감의 출처가 뭔지 알려줄래?"

"……."

"소라오."

"······."

의외의 방향으로 이야기 주제가 벗어났는데 결국 말해야 하는 것인가······.

난 단념하고 입을 열었다.

"그날 낮에 난 오미야에 있었어."

"오미야? 별일이네. 뭐 하러?"

"토리코랑 처음 만난 날 그 폐건물——."

"아——! 거기? 게이트가 없어졌다는?"

"맞아. 거길 오랜만에 보러 갔었어."

"반갑네. 응? 혹시 게이트가 부활했어?"

"아니. 그 대신——."

"대신?"

"——우루마 사츠키가 나왔어."

토리코가 움직임을 딱 멈췄다. 시선을 받으며 난 천천히 고개를 끄덕였다. 그래. 사츠키 씨. 너의 소중한 괴물.

"사츠키가?"

눈도 깜빡이지 않은 채 토리코가 중얼거렸다.

"응."

난 최소한의 맞장구밖에 치지 않았다. 울까, 기뻐할까, 아니면······? 토리코가 어떤 반응을 보일지 몰라 신경이 곤두서있었다.

"사츠키가 나왔어?"

"응."

"괘……"

토리코의 표정이 크게 움직였다. 눈꼬리가 내려가고 나에게로 몸을 내민 채 말했다.

"괜찮았어?"

의외의 반응에 난 혼란스러웠다.

"응……? 뭐가?"

"소라오. 무사해? 아무 일도 없었어? 상처는——."

걱정스러운 듯 내민 손이 내 뺨에 닿았다. 그날 우루마 사츠키와 같은 구도의 토리코를 난 멍하니 돌아보았다.

"그건 그냥 괜찮았는데."

"다행이다……."

스르륵 표정을 풀면서 토리코가 말했다. 손은 그대로 내 뺨을 주물주물…….

"저기?"

"무사하다는 걸 확인시켜줘."

"아니, 무사하다니까……보이는 그대로."

평소라면 뿌리쳤겠지만 그냥 주무르는 대로 놔두고 말았다. 우루마 사츠키와 같은 곳을 토리코가 만지자 계속 뻣뻣했던 몸에서 힘이 빠지는 것 같았다.

그렇다 해도 너무 오래 만지잖아.

"이제 됐잖아."

얼굴을 멀리 떼어놓자 토리코는 겨우 손을 거둬들였다. 좀 부족하다는 듯한 얼굴을 하고 있었다.

긴장의 반동으로 뭔가 맥이 빠지고 말았다. 마른 목을 축이고 싶어 난 잔에 남은 와인을 전부 털어 넣었다. 점원을 불러 와인을 한 잔씩 더 주문했다. 안정을 찾은 후 난 말했다.

"토리코가 좀 더 다른 반응을 보일 줄 알았어."

"사츠키 이야기니까?"

"으, 응."

토리코는 작게 웃었다.

"전에는 분명 그랬겠지. 하지만…… 마지막에 본 사츠키는 괴물 같은 느낌이었으니까. 이제 내가 알던 그 사람은 없을 거야."

토리코가 마지막에 본「우루마 사츠키」는 우루미 루나의 입을 찢고 그 어머니의 양쪽 눈을 망가뜨린, 사람의 형태를 한 괴물이었다. 확실히 눈앞에서 그런 모습을 드러내 보인다면 백년의 사랑도 식어버릴지 모른다. 하지만 난 확신할 수 없었다. 지금도 토리코는 그 여자에게 미련이 남았을 거라고 계속 생각했다.

그렇지 않았다. 미안, 토리코. 내가 널 얕봤어. 내가 생각한 것보다 토리코는 강하고 과거와 제대로 결별할 수 있는 인간이었어.

"사츠키가 나와서 무슨 일이 있었어?"

진지한 얼굴로 토리코가 물었다.

"말을 걸더니…… 영문을 알 수 없는 말을 했어."

"뭐라고?"

"산이 어쩌고저쩌고……."

말을 시작했지만 그때의 대화를 그대로 재현해봐야 아무것도 전해지지 않겠지. 나름대로 해석하고 번역해서 다시 한 번 고쳐 말했다.

"아마 이세계로 들어가서 이세계의 일부가 된 연유를 이야기했던 것 같아. 대부분 생각한 대로라 의외는 아니지만."

"그래……?"

토리코가 애처롭게 눈을 내리깔았다.

"그걸 전하러 온 걸까? 내가 아니라 소라오 앞에 나타난 건…… 미안, 솔직히 서운해."

"뭐, 응, 그렇겠지."

"소라오에게 위해를 가하지 못했다면 다행이지만 정말 아무 일도 없었어? 기억이 날아가지 않았어?"

"……응."

내 대답에 순간 공백이 있었다는 걸 놓칠 토리코가 아니었다.

"무슨 일이 있었어?"

"……유혹당했어."

"응?"

"우루마 사츠키에게 유혹당했어. 내가."

오늘 밤 두 번째로 얼음이 된 토리코를 난 어찌할 도리 없이 바라보았다. 미동도 없이 서로를 바라보는 우리 사이로 3번째 술잔을 살며시 놓은 점원이 그 자리를 벗어났다.

"……흐음."

낮은 목소리로 토리코가 말했다.

"그렇구나."

"저기, 화났어?"

"화 안 났어."

"그럼 다행이, 입니다."

"착각하지 마. 소라오에겐 화가 안 났으니까."

"아, 네……."

토리코는 방금 놓인 술잔을 붙잡고 입으로 가져가 그대로 전부 털어 넣었다. 텅 빈 잔을 내려놓고 천천히 일어났다.

"요리 갖고 올게."

"자, 잘 다녀와."

성큼성큼 뷔페 테이블로 향하는 뒷모습을 난 어안이 벙벙한 상태로 배웅했다.

무서워~~.

응? 그런데 잠깐만. 냉정하게 생각해보면 내가 혼날 이유가 없잖아?

그래, 그래. 왜 긴장하는 거야? 괜히 벌벌 떨었네.

그렇게 생각하면서도 돌아온 토리코와 얼굴을 마주하지 못하고 교대하듯 자리에서 일어났다.

배가 불러서 요리는 패스. 작은 케이크랑 앙금이 든 화과자를 들고 컵에 홍차를 따랐다. 돌아와 보니 토리코도 아직 못 먹어본 요리를 조금씩 접시에 담아온 것뿐이었다.

다시 앉은 나에게 토리코가 말했다.

"코스 마무리에 디저트 나와."

"뭐? 그래? 괜히 갖고 왔네."

"뭐, 그 정도라면 먹을 수 있잖아."

"늘 그렇지만 내 위장을 과대평가하는 거 아니야?"

"실천하고 있으면서."

"누구 때문인데……."

토리코가 주문할 만큼 주문하고 포기한 요리를 몇 번이나 책임지고 먹어치운 탓에 안 좋은 학습을 하고 만 듯했다. 앞으로는 억지로 본인의 입에 밀어 넣어야 할 것 같았다.

잠깐의 침묵 후, 토리코가 낮은 목소리로 말했다.

"──뭐라고 유혹했는지 들려주겠어?"

일단 잠시 침묵을 지켰는데도 화제는 결국 바뀌지 않았다. 문제의 심각성으로 말하자면 당연하겠지만.

"이세계로 같이 가자고 했던 것 같아. 표현은 약간 달랐지만."

내가 답하자 토리코는 의자 등에 몸을 기댄 채 후우 하고 길게 숨을 내뱉었다.

불안한 듯 찌푸려진 눈썹 밑으로 시선이 불안하게 움직이고 있었다. 식탁보 위에 올려놓은 손을 꽉 쥐고 테이블을 콩콩 두들겼다. 동요하고 있는 건 명백했다. 뭔가 말하려다 말하지 못한 것처럼 입술이 반쯤 열려 있었다.

난 순간적으로 손을 뻗어 토리코의 주먹 위로 겹쳤다.

"안 가."

토리코는 대답 없이 눈을 치켜뜨고 날 다시 바라보았다. 불안함이 섞인 굉장히 어린애 같은 얼굴이었다.

"걱정 마. 내가 그런 유혹에 넘어가겠어?"

"응."

안심시킬 생각이었는데 너무 쉽게 수긍해버려 난 충격을 받았다.

"아, 으응……? 아니, 날 너무 못 믿는 거 아니야?"

"소라오가 약속했는걸, 사츠키랑."

"약속?"

"그때 사츠키랑 이야기했어. 반드시 **가겠다고.**"

순간 무슨 소릴 하는지 전혀 이해할 수 없었다.

그때? 이야기했다고?

반드시 가겠다고……?

"앗."

갑자기 머릿속에서 기억이 튀어 올랐다. 우루미 루나를 구하고 이세계 심층부와 이어진 게이트를 통과한 직후. 붙잡힌 머리를 나이프로 자르고 뒤를 돌아본 나는 게이트 너머에 서 있는 우루마 사츠키와 분명 이야기를 나누었다.

대화 도중엔 완벽하게 의사소통이 되고 있다고 생각했다. 하지만 제정신을 차리고 보니 내가 내뱉은 건 아무런 의미가 없는 헛소리였다.

그렇게 헛소리를 내뱉던 중에 난 말했다.

"——반드시 나도 갈 테니까."

그렇게 중얼거린 나를 토리코가 겁먹은 눈으로 바라보고 있었다.

"기억났어?"

"기억났어. 말했지, 내가."

싫다고 도리질하듯 토리코가 고개를 가로 저었다.

"안 보낼 거야."

"토리코——."

"안 보낼 거야! 절대로!"

지금이라도 폭발할 것 같은 걸 아슬아슬하게 억누르고 있는 듯한 목소리였다.

난 잠시 입을 다물고 생각한 후 고개를 들고 말했다.

"토리코. 한 가지 확인하고 싶은 게 있어."

"⋯⋯뭔데?"

"이번 기회에 확실하게 물어보겠는데. 토리코는 우루마 사츠키를 좋아했지?"

토리코가 깜짝 놀라 숨을 삼켰다. 내가 잡은 손 밑으로 주먹에 힘이 들어가는 게 느껴졌다.

"⋯⋯좋아했어."

떨리는 목소리로 토리코가 중얼거렸다.

알고 있었다. 난 가볍게 고개를 끄덕이며 하나 더 물었다.

"하지만 지금은 내가 좋은 거지?"

토리코는 눈을 크게 뜨고 날 바라보았다. 그 이후 끄덕끄덕 고개를 위아래로 움직였다.

"소라오가 좋아."

거의 들리지 않을 정도의 허스키한 목소리로 토리코가 말했다. 나에게 향한 한결같은 애정은 손으로 만질 수 있을 정도라 숨이 멎을 것 같았다. 하지만 여기서 지면 안 돼. 한 가지 더, 확실하게 해둬야 할 게 있었다.

잔혹하다는 걸 자각하면서 난 물었다.

"사츠키 씨보다 더 좋아?"

콧등을 맞은 것처럼 토리코가 얼굴을 일그러뜨렸다.

"그런 건 묻지 마."

"대답해."

빼려는 손을 내가 단단히 눌렀다. 난 토리코를 상처 입히고 있었다.

토리코는 괴로운 듯 눈을 감고 짜내듯이 말했다.

"비교할 수 없어. 하지만 지금 소중한 존재는 소라오. 내가 지금 좋아하는 건 소라오니까."

눈을 떴다. 금색 속눈썹 위로 눈물방울이 빛났다.

"믿어줘."

"믿어. 다 알아."

힘을 풀고 토리코 손등을 쓰다듬었다. 단단하게 쥐고 있던 주먹이 살짝 풀어졌다.

"미안. 토리코 입으로 제대로 듣고 싶었어. 안 그러면 앞으로의 이야기를 못 하니까."

"앞으로의 이야기……?"

울 것 같았던 토리코의 얼굴이, 깜빡깜빡 눈을 깜빡이더니 경악으로 변했다. 표정이 빙글빙글 변하는 아이라는 사실을 다시 한 번 깨달으면서 난 고개를 끄덕였다.

"생각해봤어. 우루마 사츠키가 이렇게 몇 번이나 등장하는 한 우리는 언제까지나 겁먹어야 해. 나도 엄청 싫지만 특히 토리코는 사라져버린 소중한 사람의 환영에 시달릴 뿐만 아니라 내가 끌려갈 걱정까지 해야 하지——."

그렇게 말하다 문득 깨달은 난 물었다.

"혹시 토리코, 나랑 우루마 사츠키의 대화를 듣고 난 후 지금까지 계속 걱정했어? 내가 혼자 가버릴까 봐."

토리코는 미간에 주름을 만들며 날 노려보았다.

"네. 지금 아셨나요?"

"미, 미안."

"됐어, 내가 멋대로 걱정한 것뿐이니까."

그야 난 잊어버렸으니까……라고 응수하려다 변명도 되지 않는다는 걸 깨닫고 직전에 관뒀다.

"아니, 어쨌든, 이걸 해결하려면 우루마 사츠키가 두 번 다시 우리 앞에 나타나지 않도록 대비할 필요가 있다고 생각했어."

"**대비한다고** 해도……어쩌려고?"

"뭐, 구체적인 건 지금부터 같이 생각해봤으면 좋겠는데, 그러니까……."

최대한 부드러운 어휘를 사용하려고 순간 생각했지만 도중에 귀찮아졌다. 의아한 얼굴의 토리코를 향해 난 직설적으로 말하고 말았다.

"요컨대 내가 하고 싶은 말은 우루마 사츠키를 **죽이자**라는 거야."

토리코가 흠칫거리며 눈을 부릅떴다. 말 그대로의 의미라는 걸 전하기 위해 난 시선을 피하지 않고 고개를 끄덕였다.

"…… '앞으로의 이야기'가 그거야?"

"뭐? 응."

"새……"

"새?"

"생각했던 거랑 다르잖아!!"

토리코가 분개해 목소리를 높이려던 마침 그때 코스 요리의 디저트가 나왔다. 기념일 디저트 메시지 플레이트와 함께 오렌지 소스로 졸인 따뜻한 크레이프 위에 코코넛 아이스크림을 올린 크레이프 쉬제트. 눈앞에서 불 쇼도 펼쳐졌다. 흔들거리는 푸른 불꽃이 메시지 카드에 적힌 Happy Anniversary라는 문자를 비춰주고 있었다.

"예쁘다."

"그러게."

"맛있어."

"그러게."

"잘 먹었습니다."

"그럼 갈까?"

우리는 가게를 나왔다. 로비에서 토리코가 멈춰 서서 말했다.

"잠깐 화장실 좀."

"아, 나도."

웬일로 둘이 함께 화장실로 가게 되었다. 내가 화장실 문을 열었을 때 등 뒤에서 토리코가 오도카니 중얼거렸다.

"아직 대답 못 들었어."

"뭐?"

"죄책감의 이유."

그렇게 말하며 토리코가 날 화장실 안으로 밀고 들어가 발칙하게도 함께 들어오게 되었다.

"뭐…… 뭐야, 뭐야, 뭐야?!"

너무 당황해 허둥거리는 날 벽 쪽으로 몰아붙이고 토리코가 문을 잠갔다.

"잠깐…… 야……."

"대답해."

토리코가 손으로 벽을 쿵 치며 내 얼굴을 들여다보았다. 무서워, 눈이 무서워.

"저기. 왜 내 앞에 나온 도플갱어가 그런 얼굴을 했을까?"

"모, 몰라."

"몰라? 사츠키랑 만났기 때문이라고 아까 말하지 않았어?"

"뭐? 아, 그렇지! 맞아, 뭐야, 말했잖아, 하하."

"만나기만 했다고 죄책감을 느끼겠어? 소라오는 사츠키를 싫어하잖아. 그럼 딱히 양심의 가책을 느낄 필요는 없잖아? 유혹도 사츠키가 멋대로 한 거 아냐?"

"그건 아니, 그거야, 토리코에게 말 안 했으니까……."

"지금까지 나에게 중요한 말을 안 한 적이 엄청 많았잖아."

담담한 토리코의 말에 난 점점 더 부들부들 떨었다.

"맞춰볼까? 죄책감의 이유."

"뭐, 뭔데?"

"소라오…… 사츠키에게 유혹받아서 아찔했지?"

"……."

정곡을 찔린 난 아무 말도 할 수 없었다. 토리코는 전부 꿰뚫어본 것처럼 살짝 미소를 지었다.

"괜찮아. 이해해. 누구든 그렇게 되니까."

"뭐……?"

"사츠키 앞에 서면 누구든 똑같아. 그 사람은 특별하니까. 소라오가 아무리 그 사람을 싫어해도 관계없어. 오히려 관심을 갖고 있으니까 생각한 바지. 사츠키에겐 누구든 사냥감이거든."

"그, 그렇구나."

"그러니까 괜찮아. 죄책감 따위 필요 없어, 소라오."

"아, 응."

토리코가 싱긋 미소 짓는 모습에 이끌려 나도 무심코 표정을 풀고 말았다.

"하지만."

그렇게 토리코가 단조로운 목소리로 말을 이었다.

"난 용서 못 해. 사츠키가 나에게서 소라오를 빼앗으려고 한 건."

"뭐……?"

어중간한 미소를 지은 채 올려다보는 날 향해 토리코가 더욱

더 얼굴을 가까이 가져다댔다.

순식간에 입술이 가까워졌고, 아앗, 키스당할 것 같다고 각오한 상태에서 토리코의 얼굴이 옆으로 벗어나 이상하다고 느낀 그 순간——.

"아얏?!"

목과 어깨 중간 정도에서 격통이 느껴져 난 비명을 질렀다.

깨물었어?! 이 녀석, 깨물었어?!?!?!?!

통증과 경악으로 경직된 내 살을 깨문 채 넉넉히 몇 초, 토리코는 드디어 날 놓아줬다.

움직일 수 있게 된 후 바로 어깨에 손을 얹었다. 쭈뼛거리며 살펴본 손바닥에 피는 안 묻어 있었지만 통증은 여전했다.

"아니, 너……뭐야?!"

고개를 들자 토리코는 묘하게 만족한 듯, 해냈다고 말하고 싶은 듯한 얼굴을 하고 있었다.

"내 거라는 증표를 새겼어. 또 사츠키가 소라오에게 집적거릴 때를 대비해서."

여전히 혼란스러워하는 와중에 토리코는 화장실 문을 열고 도망치듯 빠져나갔다. 그리고 옆 옆 칸으로 들어가는 소리가 들렸다. 에티켓 벨 스위치를 눌렀는지 졸졸 흐르는 시냇물 소리와 작은 새의 지저귐이 화장실 안에 울려 퍼졌다.

"미…… 미쳤어?!"

겨우 정신을 차린 내가 벽 너머로 분노의 목소리를 높이자 토리코가 외쳤다.

"피차일반이잖아!"

너만큼은 아니거든?!

더 이상 무슨 말을 해야 좋을지 모르겠다. 어깨가 욱신거렸다. 어쨌든 볼일을 끝내고 화장실을 나와 세면대 거울에서 확인했다.

유혈사태야말로 일어나지 않았지만 잇자국이 확실하게 남아 있었고 희미하게 피가 맺혀 있었다. 대체 이걸 어쩔 거냐고 어이없어하고 있는데 토리코가 손을 씻고 새침한 얼굴로 내 뒤로 지나갔다.

잠시 기다리라고 쫓아나가자 토리코가 화장실 바로 앞 벽에 기댄 채 기다리고 있었다.

"아픈데."

"아프게 물었으니까."

"뭐야, 정말……."

"해피 애니버서리."

"뭐어????"

토리코에게선 싸운 건지 뭔지 확실히 알 수 없는 온도감이 느껴져 이쪽의 감정이 갈 곳을 잃고 말았다. 내가 당황하자 토리코가 천정을 올려다보며 말했다.

"여기 45층에 라운지가 있대."

"……라운지?"

"야경이 보이고 술을 마실 수 있는 곳."

"바?"

"맞아. 밥 먹고 분위기가 좋아지면 같이 가보자고 하려고 했어."

분위기가 좋아지다니, 그게 무슨 뜻이지?

"그런데 예상치도 못 한 이야기가 나와서…… 엉망이 됐어."

"뭐, 응, 그건 그랬지."

"하지만 이대로 돌아가긴 싫으니까 한잔 하러 안 갈래?"

"결국 마시려는 거야?!"

무심코 태클을 걸고 말았다. 토리코가 내 손을 잡고 이끌었다.

"뭐 어때? 그런 이야기를 들었으니 한잔 해야. 이 이상 진지한 이야기를 할 거라면 술이 필요해."

"마시면 진지한 이야기는 못할 것 같은데……."

그렇게 말하면서 나도 이끌리는 대로 걸었다.

"이거 안 보여? 잇자국."

"아슬아슬하게 가려지니까 걱정 마."

"엄청 아팠는데."

"깨문 이도 아팠어."

"그건 역시 거짓말 아냐?"

저음 조절기 같은 텐션으로 말다툼하면서 우린 엘리베이터를 타고 스카이라운지로 올라갔다.

3

다음 날 늦게 일어난 우린 욱신욱신 아픈 머리를 감싸 안고 비틀거리며 호텔을 나왔다.

어젯밤엔 예상대로 진지한 이야기 따위 할 수 없었고 라운지 창가 자리에서 번쩍이는 야경을 내려다보며 칵테일을 몇 잔이나 거듭 마시고 시시한 이야기만 나누다 밤이 깊어졌다. 구체적으로는 내가 얼마나 무신경한지, 사츠키에 대한 토리코의 마음을 얼마나 몰랐는지에 대한 푸념이라 들은 체 만 체하는 사이에 점점 토리코가 만취했고 무슨 말을 하는지 불명해졌다. 나도 그런 이야기를 듣고만 있을 수 없었기 때문에 안 좋은 의미로 술이 점점 들어갔고 결과적으로 둘 다 곤드레만드레 취하고 말았다.

돌아가기가 너무 귀찮았는데 토리코가 준비성 좋게 방을 예약해줬기 때문에 그대로 체크인하고 바로 쓰러져버리고 말았다.

숙취로 쓰린 속에 타격을 입은 채로 간신히 패스트푸드점에서 커피만 마시고 신주쿠역에서 야마테선을 탔다. 이케부쿠로에서 갈아타기 위해 나만 지하철을 내렸다.

"그럼 또 봐……."

"으응……."

우중충한 얼굴로 헤어져 돌아와 집에 도착해 샤워를 하고 안 좋은 컨디션을 견디지 못하고 잠들어버렸다.

저녁때쯤 겨우 눈을 떴을 때는 꽤 상태가 좋아져 있었다. 전화해보니 토리코도 나와 비슷했는데, 4분의 3 정도 눈꺼풀이 감긴 채 자다 일어난 얼굴이 눈에 떠오르는 듯했다.

"사츠키를 죽이겠다는 말을 들은 기억이 있는데 내가 잘못 들은 거야?"

웅얼거리는 목소리로 토리코가 물었다.

"그렇게 말했어."

"진심이야?"

"이미 죽은 것과 마찬가지니까."

내가 답하자 토리코는 한순간 침묵을 지키다가 분개한 목소리로 말을 이었다.

"저기, 역시 너무 배려심이 없는 것 같은데."

"사츠키 씨에 관해선 처음부터 배려심이 없었어."

"왜?"

"나에게 위해를 가하려는 상대를 배려할 생각 따위 1밀리도 없어."

우루마 사츠키에 한정된 이야기가 아니었다. 누구에게나 난 그랬다. 상대에게 악의가 있다는 걸 알면 그 시점에 일절 관심을 끊게 된다. 원망이나 증오할 노력도 하지 않는다. 모든 흥미를 끊어버리고 나의 세계에서 그 녀석을 내쫓았다.

그런데도 여전히 무시할 수 없는 방식으로 접촉해오는 경우엔…… 이쪽도 나름대로의 대응을 할 필요가 생기고 만다.

"하지만 그건 사츠키가 구체적으로 집적거리기 시작한 이후의 이야기잖아. 소라오는 나랑 처음 만났을 때부터 사츠키에 대해 느낌이 안 좋았어."

"토리코가 사츠키, 사츠키, 시끄럽게 굴었으니까."

"알아. 질투했지?"

"……."

내가 노코멘트하자 토리코는 차분한 목소리로 말했다.

"저기, 소라오……. 사츠키가 이미 굉장히 위험한 무언가로 변했다는 건 나도 이해하고 있고 포기했어. 소라오랑 나 사이에 끼어드는 것도 무섭고 싫어. 내가 그렇게 좋아하고 그렇게 걱정했던 사람을 상대로 이런 식으로 생각하게 된 것도 충격이지만 그래도 진짜 그래. 내가 지금 좋아하는 건 소라오고 만약 사츠키가 원래대로 돌아온다고 해도 더는 뒤집히지 않을 거야. 그건 믿어줘."

"……그래."

"하지만……. 나랑 친했던 사람에 대해 소라오가 나쁘게 말하는 걸 듣는 건 역시——."

토리코의 말이 주저하듯 끊어졌다.

"화가 나?"

"그것보단……슬퍼."

슬프다고……? 그런가?

"알았어. 최대한 조심할게."

"미안해."

"토리코를 울리기 싫으니까."

내가 그렇게 말하자 토리코가 후훗 웃었다.

"그럴 땐 배려하는구나?"

"그런 거 아니야."

내 마음을 배려라는 말로 평가받는 게 왠지 좀 울컥했다.

"그럼 뭔데?"

"그건 잘 모르겠지만…… 그냥 토리코를 울리기 싫은 것뿐이야."

"설명이 안 되는데."

"으윽, 이제 그런 건 됐잖아."

키득키득 웃음소리가 들려왔다. 내가 불만스럽게 꿍꿍거리는 모습을 토리코는 뭔가 재미있어 하는 듯했다.

"죽인다, 가 아니면 뭐라고 말해지? 성불시킨다? 숨통을 끊어 놓는다? 항복시킨다?"

난 억지로 화제를 돌렸다.

"으──음……."

"느낌이 안 와?"

"전부 다 뭔가 무서워."

태평한 소리 하는 것 같았지만 난 또 다른 단어를 생각했다.

"그럼…… '제령한다'는 어때?"

"제령한다고?"

"제령한다고 생각하면 그렇게 무섭지 않잖아."

"그래……그러네. 그게 좋을 것 같아."

어딘가 얼빠진 대답 이후에 토리코가 갑자기 말을 꺼냈다.

"카스미가 장례식을 했잖아."

"그래……DS 연구소에서."

"그걸 보고 생각했어. 난 장례식은 한 적 없다는 걸."

"사츠키 씨의?"

"그런 걸 하겠다고 생각한 적도 없었어. 분명 살아있을 거라고, 돌아올 거라고 계속 믿었으니까."

"……."

"하지만 돌아온 건 사츠키가 아니었어. 사츠키의 모습은 하고 있었지만 그건…….."

전화 너머로 침묵이 흘렀다.

처음 만났을 때 토리코는 우루마 사츠키가 살아있다고, 내가 당황할 정도로 강한 확신을 갖고 있었다. 그때 그 인상이 강해서 생각보다 많이 떨쳐냈다는 사실을 계속 눈치 채지 못했다.

"토리코가 사츠키 씨를 포기한 건 역시 우루미 루나 사건 때부터야?"

"응."

"그때까지 계속 쫓아다녔는데 어째서? 만졌더니 손이 차가웠다는 말밖에 안 했잖아, 그때는."

"소라오는 오른쪽 눈으로 보면 상대가 인간이 아니라는 걸 한 방에 알잖아?"

"……아."

"그때 왼손으로 만져보고 알았어. 앗, 이 사람은 이제 아니라는 걸."

지금까지 토리코가 했던 말 중에서 가장 납득이 가는 설명이었다. 이세계의 존재를 지각했을 때의 독특한 감촉은 틀릴 수 없었다. 시각이든 촉각이든 그건 똑같겠지.

자연스럽게 긴 한숨이 흘러나왔다. 몸속에 계속 남아있던 긴장이 토리코의 말로 풀어지는 게 느껴졌다.

"응? 왜 그래?"

"아니……뭔가 안심이 돼서."

"방금 그 이야기 중에 안심할 요소가 있었어?!"

"미안, 신경 쓰지 말고 계속해."

"깜짝 놀라서 무슨 이야기를 했는지 까먹었어."

"장례식 이야기?"

"아, 맞다, 맞다……. 사츠키가 이미 없다는 걸 알게 된 이후에도 장례식을 치르지 않은 채였다는 걸 깨달았어, 카스미의 모습을 보고. 그래서 뭔가 마음이 계속 어중간한 상태였을지도 몰라."

"그런 뜻이구나. 그럼 제령한 다음 장례식을 치르면 되지."

"확실히 그렇게 하면 마음 정리도 될 것 같은데……제령이라면 구체적으로 어떻게 할 생각이야? 절이나 신사에 부탁해봐야 별 수 없을 것 같은데."

"우리끼리 해야지."

"뭔가 생각이 있구나."

"……."

"응?"

"실은 없어, 아직."

"뭐어——?"

비난의 감정이 섞인 토리코의 어이없어하는 목소리에 난 서둘러 말을 덧붙였다.

"아니, 하지만 할 수 있을 거야. 왜냐하면 지금까지 우린 무서운 존재들을 둘이서 격퇴시켜왔으니까."

"그렇긴 하지만."

"상대가 우루마 사츠키라고 해도 하는 일은 다르지 않아. 우리라면 다른 녀석들처럼 때려죽일 수 있어."

"……."

"그게 아니라…… 제령해서 편안히 잠들 수 있게 해줄 수 있어……."

하아, 하고 토리코가 한숨을 내쉬었다.

"뭐, 됐어, 하고 싶은 말이 뭔지 알겠어. 그럼 사츠키가──사츠키의 모습을 한 무언가가 또 나타나길 기다리면 돼?"

"그러면 또 상대의 페이스에 말리겠지. 우리가 먼저 찾아가야 해."

의아한 듯한 토리코에게 난 설명을 시도해보았다.

"얼마 전 〈T씨〉 사건 때도 그랬지만 수동적이어선 안 돼. 우린 항상 스스로 이세계로 갔잖아. 코자쿠라 씨는 믿을 수 없다고 했지만 그게 정답이었을 거야."

"정답?"

"만약 우리가 겁먹고 현실 세계에 처박혀있었다면 지금쯤 이미 미쳤거나 죽었을 거야. 이세계와 어느 정도 깊게 관련된 인간이 계속 살아남으려면 상대가 어떻게 나올지 바들바들 떨면서 살펴야 할 게 아니라 우리나 토다테 씨처럼 이쪽에서 먼저 접근할 필요가 있다고 생각해."

"아바라토 씨는 당했잖아?"

"그 사람은 아직 살아있지 않을까? 카스미가 장례식을 치르지도 않았고……."

저녁놀이 진 거리에서 아바라토가 숨어들었던 쓰레기 산에는 잠옷과 짐밖에 없었다. 카스미와 교류가 있었을지도 모른다는 건 내가 멋대로 한 상상이지만.

"이세계의 접근이 항상 우리를 겁주고 제정신을 잃게 만드는 건…… 추측이지만 이쪽과 저쪽의 커뮤니케이션이 가능한 뭔가 특수한 정신 상태로 몰고 가려는 것 아닐까? 우루마 사츠키가 모습을 드러내는 것도 그런 접근의 일환이라고 생각해."

"그쪽에서 그렇게 몰고 가길 기다리는 게 아니라 우리 쪽에서 먼저 다가가겠다는 거야?"

"그래, 맞아. 우리가 먼저 다가가면 비교적 제정신을 유지할 수 있어. 상대 페이스에 말리지 않을 수 있지. 하지만 오래 접촉하면 위험하니까 잠깐 가서 해치우고 얼른 도망치는 거야. 지금까지의 경험으로 봐선 이게 지극히 정답에 가깝다……는 게 내 생각이야."

"강도 짓 논의라도 하는 것 같은데."

토리코의 코멘트에 무의식중에 웃고 말았다.

실제로 우리가 하려는 짓은 강도 짓이라기보단 암살에 가깝지만.

"좋아. 같이 하자, 파트너."

"정말 행실이 나빠졌다니까. 처음에 공범자라고 말한 게 잘못이었나?"

토리코가 투덜거린 후 화제를 다시 돌렸다.

"우리가 먼저 다가가는 게 의미가 있다는 건 알겠어. 그럼 이세계로 가서 사츠키 나오라고 해볼까?"

"그렇게 불러낼 수 있다면 웃기겠지만 역시 그렇게까지 단순한 이야기는 아니겠지."

"소라오랑 만나기 전에 이름을 몇 번이나 불렀는지 몰라……."

토리코의 목소리가 음울해지는 걸 눈치 못 챈 척하면서 난 말했다.

"뭘 하려고 해도 상대의 정보가 없는 건 문제라고 생각해. 난 사츠키 씨에 대해 아무것도 모르니까. 일단 사츠키 씨를 아는 사람을 찾아다니면서 여러 가질 물어보려고."

"나에게 물어보면 되잖아?"

"토리코에게 보여주지 않은 얼굴이 많잖아, 사츠키 씨에게는."

"으……뭐, 그렇지."

"그래. 우선 가까이 있는 아카리부터 찾아가볼까?"

아카리는 과거 우루마 사츠키의 학생이었다. 토리코가 모르는 그 여자의 측면을 알고 있을지도 모른다.

"토리코는 어떻게 할래? 같이 이야기 들어볼래?"

"난……."

토리코는 머뭇거렸다. 잠시 망설인 후 못마땅한 목소리로 말했다.

"미안. 냉정하게 이야기를 못 들을 것 같아."

"무리 안 해도 돼. 나 혼자서 갔다 올게."

"부탁해."

"나중에 보고할게."

전화를 끊고 스마트폰을 침대에 내던졌다.

방금 일어났는데 순식간에 피곤해지고 말았다. 우루마 사츠키와 맞서려면 그 여자를 향한 토리코의 미련과도 직면하게 될 거라고 어렴풋이 알고 있었는데 전화 너머로도 전해지는 음울한 감정에 체력을 빼앗기고 말았다. 원래 난 다른 사람의 마음을 모르는 여자라 이런 인정의 미묘한 사정 같은 건 가능한 한 피하고 싶었다. 하지만 이것만은 도망칠 수 없으니까 최대한 노력하고 있었다. 다른 우루마 사츠키의 관계자에게도 똑같이 행동해야 한다고 생각하면 벌써부터 기운이 빠졌다.

다만 어제 오늘 이야기를 나누며 우루마 사츠키에 대한 토리코의 미련이 많이 남지 않았다는 사실에 확신을 갖게 된 건 마음 든든했다. 좀 더 강한 거부 반응을 보일 줄 알았기 때문에 예상보다 쉽게 합의를 얻어낸 건 놀라웠고 안심이 됐다.

반대로 말하면 토리코의 마음이 불순물 없이 나에게만 향하고 있다는 뜻이니까 그건 그것대로 받아들일 방법을 생각해볼 필요가 생기게 되겠지만…….

어쨌든 최초의 합의는 했다. 이제 앞으로 나아가기만 하면 돼.

그리고 우루마 사츠키를 죽이……는 게 아니라 제령하는 거야. 두 번 다시 우리 앞에 나타나지 않도록.

아카리에게 전화를 걸 기력을 끌어올리며 난 한 번 더 스마트폰을 주워들었다.

4

"무슨 일이시죠……?"

다음 날 저녁. 아카리 집 앞까지 온 내 앞을 작업복 차림을 한 빨간 머리의 눈매 사나운 마일드 양키가 가로막고 있었기 때문에 난 당황한 채 작업복 어깨 너머로 2층짜리 아파트를 올려다보았다.

"응? 여긴 아카리 집이지?"

"그런데요."

"왜 나츠미가 여기 있어?"

"있으면 안 돼요?"

"안 되는 건 아니지만……. 경계하는 거야?"

"아뇨, 딱히."

"하고 있잖아. 왜? 내가 무슨 짓이라도 했어?"

"뭔가 볼일이 있다고 아카리한테 들었는데요."

"응."

"아카리에게 무슨 짓을 할 생각인가요?"

"뭔 소리야???"

혼란스러워하는 나에게 이치카와 나츠미는 기분 나쁜 태도를 거두지 않았다.

"이야기 좀 들으러 온 것뿐이야. 우루마 사츠키라고 기억해?"

"아카리의 가정교사였던 여자 말인가요?"

"그래. 난 그 녀석과 인연이 있는데 끝장을 내고 싶어서, 예전 학생이었던 아카리에게 어떤 녀석인지 물어보고 싶었어."

"정말 그것뿐인가요?"

"그것뿐이야! 끈질기긴!"

"그런가요?"

나츠미가 떨떠름한 태도로 길을 열어줬다. 내가 걷기 시작하자 딱 붙어왔다.

"왜? 같이 가려고?"

"안 돼요?"

"아니……마음대로 해."

대체 뭐야? 내 주변엔 성가신 여자들밖에 없는 거야?

"있잖아, 미리 말해두겠는데 난 아카리를 어떻게 할 생각이 없어. 그 아이는 날 잘 따르지만."

"솔직히 말해 그것도 짜증 나거든요."

"뭐가?!"

"아카리는 잘 따르는데 선배가 차갑게 굴면 아카리가 가엾지 않아요?"

"대체 내가 어떻게 해줬으면 좋겠어?"

"모르겠어요!"

나츠미가 언성을 높였다.

"난 아카리가 행복해졌으면 좋겠어요. 하지만 선배를 잘 따르는 건 싫으니까 적당히 상대해줬으면 좋겠어요. 하지만 그걸로 아카리가 슬퍼하는 건 싫고……이제 나도 어떻게 해야 좋을지 전혀 모르겠어요."

"뭔가 힘드네."

어처구니가 없어서 대충 대답을 건네자 나츠미는 험상궂은 얼굴로 날 노려보았다.

"요즘 아카리는 선배 일을 돕는다고 신났던데 자세한 이야기는 하나도 알려주지 않는다고요. 선배에겐 은혜도 입었고 아카리의 친구니까 이런 말하긴 싫지만 너무 위험한 일에 그 아이를 끌어들이지 말아주시겠어요?"

"미리 말해두자면 내가 부른 게 아니라 그 아이가 몰래 따라온 거였어. 나도 끌어들이기 싫었어. 위험한 상황에서 아카리에게 도움을 받았다고 말하는 게 더 가깝겠네."

"……역시 위험한 일이 생겼잖아요."

나츠미가 파랗게 질리고 말았다.

"잠깐, 아카리에게 도움을 받았다는 뜻은 요컨대 싸움이 벌어진 상황이었던 거죠? 좀 봐주세요. 그야 아카리는 강하지만 착한 아이니까요."

"아니, 글쎄……. 전에 내가 그 아이에게 맞을 뻔했는데."

"네?!"

"뭐, 그때는 내가 싸움을 걸었던 거나 마찬가지였지만."

"나에겐 그런 짓 안 하는데…… 역시 선배만큼 투지 넘쳐야 하는 걸까요……?"

"뭐가 투지 넘치는 건지 전혀 모르겠지만, 나츠미를 아낀다는 뜻 아니겠어?"

"그럴까요……?"

뭐야, 이 녀석.

정서가 불안정한 나츠미는 내버려두고 아카리의 집 벨을 눌렀다. 네에, 하는 대답이 들려왔고 금방 문이 열렸다.

"선배! 오셨어요?!"

"갑자기 미안."

"아뇨, 아뇨! 어서 들어오세요!"

"실례합니다."

"낫츤이랑 같이 오셨네요. 뭔가 분위기가 좋아 보이는데 무슨 이야기 하셨어요?"

"나츠미에게 물어봐."

"아, 그냥……. 잡담?"

"그래?"

아카리를 마주한 순간 나츠미는 새침해졌다. 왜 폼을 잡는 거야?

안으로 들어가 좌식 테이블 쿠션 위에 앉았다. 아카리 집에 찾아온 건 이걸로 두 번째였다.

아카리는 작은 유리 찻주전자에 들어있던 차를 대접했다. 찻잔에서 재스민차 향기가 피어올랐다. 그러고 보니 이번에는 선물을 갖고 오지 않았다는 걸 깨달았지만 이미 뒤늦은 후였다.

"우루마 선생님에 대한 이야기를 듣고 싶다고 하셨는데——."

아카리가 물었다. 나츠미는 날 감시하는 것처럼 침대에 걸터앉아 있었다. 따가운 시선을 무시한 채 난 끄덕였다.

"응. 어떤 사람이었어?"

"글쎄요, 멋진 사람이었어요. 차분하지만 얌전하거나 소극적인 건 아니었고 조용한 박력이 있는 사람이었어요. 신비로운 매력을 지닌 언니라는 느낌이었는데 난 아직 수험생이라 어른이라고 생각했죠."

"어떻게 공부를 배우게 된 거야? 그쪽에서 널 찾아왔어?"

"그게……어땠더라? 부모님이 구해주셨는데 그냥 관련 업자에게 부탁했을 거예요."

우루마 사츠키가 가정교사 파견회사에 등록했다고 생각하니 느낌이 좀 이상했다. 이세계에 먹히기 전엔 평범하게 살았다면 딱히 이상하지 않을지도 모르지만.

"항상 검은색 계열의 옷을 입고 왔어요. 한여름에도. 하지만 잘 어울려서 위화감이 없었죠. 낮은 목소리에 은은하게 좋은 냄새도 나고……. 그건 향수였나? 무슨 꽃향기의 이미지가 남아 있어요. 키가 크고 손이 커서 가라테를 하면 셀 것 같다고 생각했던 걸 기억하고 있어요."

그런 평가 기준도 있구나…….

"공부만 배웠어? 저기…… 뭔가 이상한 짓을 당한 적은 없었어?"

"대체 뭘 묻는 거예요?!"

나츠미가 큰소리를 내서 난 위축된 채 몸을 뒤로 젖혔다.

"갑자기 뭐야?!"

"아니, 선배, 역시 그건 성희롱이라고요."

대체 어디가?! 라고 말하려다가 문득 깨달았다.

"아니, 아니! 그런 의미로 물어본 게 아니야, 아카리."

당황한 나랑 나츠미를 아카리는 멍한 얼굴로 들여다보고 있었다.

"뭐가요?"

응?

"······미안, 아무것도 아니야."

괜히 추측하다 도리어 부끄러워졌잖아······. 어색하게 외면하는 나츠미를 노려본 후 난 말을 이었다.

"내가 묻고 싶었던 건, 그러니까····· 예를 들어 폐허 탐험에 초대하거나 무서운 이야기를 들려주거나, 그런 계열의······."

"아아, 네. 그런 건 특별히 없었어요."

"뭔가 위화감이 든다거나 나중에 생각해보니 그게 좀 이상했다거나 그런 일은 없었어?"

"별로 짐작 가는 게 없네요······."

아카리는 열심히 떠올리려고 했지만 떠오르는 게 없는 모양이었다.

"굳이 말하자면······ 옆에 앉아 공부를 봐주면서 문득 시선이 느껴져 돌아보면 빤히 날 바라보고 있는 일이 있어서 뜨끔하고 놀란 적이 몇 번인가 있었어요. 표정은 달라지지 않았는데 뭔가 깊숙한 부분을 관찰하는 것 같고 전부 다 꿰뚫어보는 것 같은 기분이 들었어요. 뭐냐고 물어보려고 하면 시선을 휙 돌려버리고. 우연이거나 착각이었나 싶을 정도로 자연스럽게. 다만 전 가라테를 해서 그냥 아, 지금 시치미를 떼고 있다는 걸 알 수 있었죠.

"시치미를 뗐다고?"

"대련할 때 시선 공방 같은 게 있거든요. 요컨대 견제 같은 건데, 눈과 눈을 마주하고 서로 노려보다 시선을 휙 돌려버리면 끌려가게 되죠. 그런 타이밍의 절묘함을 아는 사람이구나, 방심할 수 없겠구나, 하고."

틈만 나면 가라테 이야기가 끼어들어서 무슨 이야기를 하고 있었는지 점점 알 수 없게 되었다.

"방심하지 않았다면 다행이지만……. 고양이 부적도 받았지? 그걸 계기로 고양이 닌자에게 습격 받게 됐는데 아카리는 별로 화내지 않았잖아."

"뭔가 화를 낼 생각이 안 들었어요."

"악의를 갖고 건넸는데?"

"악의인지 어떤지 모르고……. 시험 부적이라면서 건넸을 때는 그렇게 기분 나쁘지 않았거든요."

감싸려는 듯한 말투에 난 눈살을 찌푸렸다. 아카리는 토리코나 코자쿠라에 비하면 우루마 사츠키의 영향을 별로 받지 않았다고 생각했는데 반드시 그런 것도 아닌 건가.

그때 옆에서 나츠미가 끼어들었다.

"저기, 잠깐, 잠깐만. 아카리가 전에 트러블에 휘말렸던 게 그 녀석 때문이었어?"

"맞아."

아카리 대신 내가 대답하자 나츠미는 화난 듯 말했다.

"왜 말 안 했어, 아카리."

"다른 사람에게 말 안 하는 게 좋을 것 같아서…….."

아카리의 대답에 나츠미는 점점 언성을 높였다.

"뭐어?! 왜? 응? 무슨 뜻인지 모르겠는데?"

"말하지 말라고 내가 부탁했어."

커버할 생각으로 그렇게 말했더니 나츠미는 아카리와 날 번갈 아 바라보며 어쩔 줄 모르는 표정을 지었다.

"……왜?"

"그러니까…….."

같은 걸 물어 신경이 곤두선 나도 무심코 말투가…… 거칠어 지려던 그때 나츠미의 눈에서 투두둑 눈물이 흘러내리는 걸 보 고 뭘 말하려고 했는지 까먹고 말았다.

왜냐고 묻고 싶은 건 이쪽이었다. 지금 눈물 흘릴 만한 일이 있었어???

멍하니 보고 있는 눈앞에서, 넘치는 눈물이 나츠미의 뺨을 타 고 흘렀다. 평소의 호전적인 태도가 사라진 나츠미의 얼굴은 이 쪽이 당황할 만큼 무방비하고 어린애 같았다.

"낫츤……!"

아카리가 바로 무릎을 세우고 침대에 걸터앉은 나츠미에게 다 가갔다.

"미안, 미안, 그럴 생각은 아니었어."

"무슨 생각이었는데……?"

"낫츤을 따돌리고 싶었던 게 아니야. 그냥 끌어들이는 건 위 험하다고 나도 그렇게 생각했으니까."

"그렇게 위험한 일을 하는데 말 안 해줬어……? 그런 거 하지 마, 이상한 짓 하지 마."

나츠미는 완전히 울음 섞인 목소리로 변했다.

"나에게 말 못할 만한 짓은 하지 마."

"알았어. 미안. 제대로 이야기해줄게, 응?"

그렇게 말하곤 아카리가 날 돌아보았다.

"선배, 낫츤에게 이야기해도 될까요?"

질문의 형태를 취하고는 있었지만 실질적으로는 확인이었다.

——해도 될 리가 없잖아.

속으론 그렇게 생각했지만 그런 말을 입 밖으로 꺼낼 수 없었다.

1년 전의 나였다면 즉시 안 된다고 말했겠지.

그렇게까지 확실하게 거절하진 않았다 해도 고개를 가로 젓는다거나 아무 말도 안 한다거나 어쨌든 절대로 인정하지 않았을 것이다. 이세계를 아는 인간을 더 늘리고 싶지 않았다. 아카리 한 명 조차 너무 많을 정도였다. 여기에 나츠미까지 가세한다니, 당치도 않았다. 절대로 싫어.

하지만 지금 여기서 그렇게 대답하는 건 아마 좋지 않을 것 같은…… 그런 생각이 들었다. 기각하는 게 당연하고 이치에 맞을 텐데 그렇게 하면 무언가를 잃게 될 거라는 사실을 직감하고 말았다.

난 눈을 감고 후우 한숨을 내쉬었다.

"……그래."

떨떠름하게, 어쩔 수 없이, 마지못해, 할 수 없이 난 대답했다.

그렇지만 아카리의 입에서 흘러나오는 설명을 듣고서도 나츠미의 표정은 풀어지지 않았다. 눈물은 쏙 들어갔지만 오히려 점점 의아한 표정으로 변했다.

"잠깐만, 일단…… 일단 정리 좀 할게."

두통이라도 생긴 듯 이마를 짚으며 나츠미가 말했다.

"이세계라는 게…… 야쿠자나 반사회가 아니라 좀 더 다른 거지?"

"그런 게 아니야. 이 세계와는 다른 이세계 같은 장소."

"진심이야? 만화 앱에서 그런 이야길 읽은 적이 있는데. 게임 세계로 환생한다거나……."

"그런 것과도 다르고 좀 더 이상한 느낌의 장소. 으——음, 설명하기 힘드네."

답답하다는 듯 아카리가 말했다.

"평범한 세계와 닮았지만 뭔가 달라. 건물이 이상한 느낌이라거나 무서운 게 나온다거나……."

"무서운 거라면 어떤 거?"

"내가 본 적 있는 건 고양이 닌자랑 절에서 태어난 T씨였는데……."

"무슨 말인지 하나도 모르겠어……."

그야 모를 거라고, 듣고 있던 나도 그렇게 생각했다. 계속 입을 다물고 있었지만 뭔가 보충하는 게 좋을 것 같다고 생각하기 시작했을 무렵 아카리가 다른 각도로의 설명을 더했다.

"있잖아, 이세계에 들어가면 귀신의 집 같은 곳으로 변해. 언뜻 보기엔 평범하지만 뭔가 안 좋은 분위기로 변하면서 폐허가 줄지어져 있고. 이상한 느낌으로 무서워져."

〈T씨〉를 추적하다 들어갔던 귀신의 집을 떠올렸겠지. 중간 영역에 한해서 말하자면 확실히 아카리가 말한 그대로였다. 아카리는 중간 영역까지밖에 모르니까 그걸「이세계」라고 생각하고 있었다. 맞는 설명일지도 모른다.

이걸로 조금은 전해졌을지 궁금한 상황에서 나츠미가 골똘히 생각하다 의외의 말을 꺼냈다.

"혹시 거기 나도 들어간 적 있어?"

"뭐? 언제?"

"왜, 전에 산누킨가 잔누킨가 그런 게 나왔을 때. 분명 뭔가 이상한 느낌이 들었던 건 기억하고 있어. 분위기가 기분 나빠서 엄청 기억에 남았었지."

부르르 몸을 떨면서 나츠미는 이야기를 이어나갔다.

"그 전에 원숭이 같은 게 나온 시점부터 뭔가 끈적거리고 기분 나쁜 공기로 둘러싸인 느낌이 들었거든. 연이어 안 좋은 일만 일어나서 제령이 이런 공기를 바꾸기 위해 필요할 것 같다고 생각했었던 게 떠올라."

"어떤가요, 선배."

갑자기 질문을 넘겨받아 당황하며 난 대답했다.

"그랬을 거야. 이세계의 괴물이 나올 땐 그런 느낌이 들거든.

왜, 그때도 산누키카노를 아카리가 엉망진창으로 때려줬더니 공기가 변했잖아."

"아── 그랬죠, 분명."

겨우 납득한 듯 나츠미가 몇 번이나 고개를 끄덕였다.

"응? 그럼 아카리는 가라테로 제령할 수 있구나. 대박인데?!"

"헤헤……."

열없이 웃는 아카리를 나츠미는 칭찬과 자랑스러운 빛이 흘러넘치는 반짝거리는 눈으로 바라보았다.

"흐음?! 그래?! 즉 아카리는 가라테로 괴물을 퇴치할 수 있기 때문에 선배를 도와주고 있다는 거야? 지금 완전 이해했어."

아까 울던 게 거짓말 같은 산뜻한 표정으로 나츠미가 말했다. 난 맥이 풀렸다. 분명 이세계라는 게 존재하는지 어떤지가 문제가 아니라 거기에 아카리가 어떤 형태로 관여하고 있는지가 주된 걱정거리였겠지.

"납득했어, 낫쭝?"

"응, 했어, 했어. 하지만 그건 위험하지 않아?"

"괜찮아. 카미코시 선배가 잘 봐주니까. 니시나 선배도 있고."

"정말인가요?"

이쪽을 향한 의심스러운 시선에 지긋지긋해하면서 난 답했다.

"몇 번이나 말하지만 난 기본적으로 아카리를 끌어들이고 싶지 않은 쪽이야. 얼마 전엔 어쩔 수 없어 부탁한 것뿐."

"정말 죄송했습니다, 억지로 들이닥쳐서."

역시 좀 난처하다는 듯 아카리가 고개를 움츠렸다.

"정말이에요? 실제로 오늘도 왔잖아요, 선배."

"아니, 이야기를 듣고 싶었던 것뿐이야…… . 그보다 납득했다면 다행이지만 이 일은 아무에게도 말하지 말아줘. 이세계에 대해 아는 인간을 늘리고 싶지 않아."

"네에. 말해봤자 아무도 믿지 않겠지만."

"그건 됐으니까…… . 진짜 제발 이렇게 부탁할게."

내가 거듭 주의하자 나츠미는 머쓱해진 듯 한 발 물러났다.

"알겠습니다. 말 안 할게요."

"내가 아니라 아카리에게 약속해."

"네?"

"나와의 약속보다 그쪽이 더 효력이 있잖아."

"효력이라니…… ."

"낫츤, 부탁할게."

아카리의 부탁에 나츠미는 불만스럽게 얼굴을 찡그렸지만 결국은 고개를 끄덕였다.

"약속할게, 아카리."

"응."

아카리가 만족스러운 듯 말했고 둘이 쑥스러운 듯 웃는 모습을 더는 못해 먹겠다는 마음으로 난 바라보았다.

관계자가 늘어나면 귀찮아지고 난 역시 나랑 토리코 이외의 인간을 이세계에 들이고 싶지 않았다. 그건 지금도 변함없었다.

다만 나츠미에게 알려주게 된 건 어쩔 수 없다는 마음도 있었다.

〈T씨〉의 일에서 최종적으로는 나의 의사로 아카리를 끌어들였다. 그때 확실해진 건 어느샌가 아카리가 쉽게 끊어버릴 수 없는 단 한 명의 소중한 나의 후배로서 자리매김하게 된 것이었다.

아카리의 미묘한 스토커 기질에 원인을 찾을 수 있을지도 모른다. 빈틈없는 아카리가 이쪽의 방심을 기회로 삼아 내 생활에 파고들었다고. 하지만 아마 그건 눈속임일 것이다. 계속 쌀쌀맞게 대응했음에도 불구하고 나와 친해지려고 굴하지 않고 다가와준 아카리의 끈기에 내가 졌달까……익숙해지고 말았다.

아카리를「귀여운 후배」로 간주했을 때 난 아카리에 대한 책임감 같은 걸 느끼고 말았던 것 같다. 일단 그렇게 되자 나 때문에 생긴 아카리와 나츠미 사이의 트러블도 모른 척할 수 없게 되었다. 나츠미에게 이세계에 대해 알려주겠다는 아카리의 의사를 기각하지 못했던 건 그런 이유였다.

"저기, 그럼 이건 물어봐도 되는지 모르겠는데."

나츠미가 힐끔힐끔 날 바라보며 말했다.

"뭔데?"

"올해 1월에 여자들끼리 모였잖아요."

"앗, 응……."

우물거리는 나에게 나츠미가 말했다.

"그때도 뭔가 이상한 일이 생겼던 것 같은데……그것도 이세계?와 관련된 일이었나요?"

"……잊어버렸어."

"네?"

"잊어줘!"

5

"왜 나츠미에게까지 이세계에 대해 알려줬어?"

코자쿠라 저택에 모여 아카리와의 전말을 보고하자 토리코가 차가운 목소리로 물었다.

난 시선을 피하면서 우물쭈물 답했다.

"그야 설마 울어버릴 거라곤 생각 못 해서……."

"고작 울었다고 말해버렸구나."

"아니, 그건……."

"이세계에 가는 건 우리 둘뿐이라고 얼마 전에 말했는데."

"아무에게도 말하지 말라고 해놓고 스스로 정보를 누설하다니 진짜 쉽네."

코자쿠라가 어이없다는 듯 말했다. 찍소리도 할 수 없었다.

"나츠미가 관심 있는 건 아카리뿐이니까요."

"이세계에 흥미가 없으니까 괜찮다고 말하고 싶은 거야?"

"그럼 아카리의 신변이 위험하다고 생각하면 바로 신고하는 거 아니야?"

"소라오, 말해버린 건 이제 어쩔 수 없지만 그럼 그것대로 지금까지 이상으로 잘 살펴보지 않으면 위험할걸."

"그건, 네……."

한동안 그런 이야기를 들은 후 겨우 이야기를 우루마 사츠키에 대한 화제로 돌릴 수 있었다. 아카리가 「선생님」에 대해 그다지 기억하지 못했다는 사실을 말하자 토리코는 이해할 수 없다는 얼굴로 변했다.

"정말……? 믿을 수가 없네."

"응. 여러 가지로 물어봤지만 예뻤다거나 어른스러웠다거나 추상적인 것밖에 말하지 않았어. 동경하던 감정 같은 건 나름대로 있었던 것 같지만, 나도 의외였어."

아카리의 입에서 흘러나왔던 「우루마 선생님」의 모습은 애매하고 해상도가 낮아 정말 있었는지 의심하고 싶어질 정도였다. 토리코가 가진 감정의 무게와는 아주 많이 달랐다.

"어떻게 생각하세요? 코자쿠라 씨."

"그걸 나한테 묻는다고? 뭐…… 사츠키는 여기저기에 손을 대는 녀석이었지만 모두에게 똑같이 대한 건 아니었으니까."

"응? 그게 무슨 말이에요?"

"사츠키가 세토에게 관심이 별로 없었던 거 아닐까? 그 녀석이 진짜 사람을 손에 넣으려고 했다면 한순간일 텐데. 그렇지?"

마지막 한 마디는 토리코에게로 향했다. 토리코는 비난하듯 코자쿠라를 노려보았지만 아무 말도 하지 않았다.

"시험 대비 부적이라는 것도 악의가 담겼다기보단 좀 더 드라이하게…… 실험해본 걸지도 몰라."

"실험?"

"세토가 이세계와 얽힌 트러블에 어떻게 대처하는지에 대한 실험."

"코자쿠라, 아무리 그래도 그렇게 심한 짓을……."

항의하는 토리코에게 코자쿠라는 입가만 웃으며 말했다.

"그래? 난 놀랍지 않아. 태연하게 그런 짓을 해도 이상하지 않을 녀석이었으니까. 실험 결과를 보지 않고 실종됐으니까 신비롭게 느껴지겠지만 점찍은 아이가 얼마나 '쓸모' 있는지 탐구하고 테스트에 합격하면 단숨에 구워삶을 생각이었을 거야."

"합리적이네요."

"게다가 그때는 좀 더 우수한 실험대상이 있었고."

이번에는 듣지 않아도 알 수 있었다. 토리코를 말하는 것이었다.

"난 그런 테스트 받은 적 없어."

딱딱한 소리로 토리코가 말했다.

"받았어. 직접 이세계에 데리고 간 게 가장 알기 쉬운 테스트였어. 거기서 무서워하지 않았다면 이 녀석은 쓸모 있다고 생각했겠지."

짐작 가는 구석이 있었던 건지 토리코는 어두운 얼굴로 입을 다물고 말았다.

"코자쿠라 씨는 어땠나요?"

그렇게 묻자 코자쿠라는 날 째려보며 답했다.

"사츠키의 테스트에는 떨어졌어."

"떨어졌다고요——?"

"나도 토리코처럼 진보쵸 엘리베이터를 통해 이세계에 끌려갔었어. 완전 엉망이었지. 아무 일도 일어나지 않았는데 너무 무서워서 한 걸음도 움직이지 못했어. 그렇게 실망시켰고 얼마 후 데리고 온 게 토리코였지."

자조하듯 코자쿠라가 말했다.

"그래도 일단 여전히 친한 친구로는 지냈지만 사츠키에게 난 이용가치가 대폭 떨어진 자산에 지나지 않았겠지. 최근 겨우 그걸 납득했어."

"다행이네요."

안심한 내가 그렇게 말하자 코자쿠라는 눈을 부릅떴다.

"지금 다행이라고 했어? 싸우자는 거야?"

"아니, 아니에요. 그게 아니라…… 사츠키 씨에 대한 마음 정리가 끝나서 다행이라는 의미였어요. 앞으로 하려는 일을 어떻게 하면 납득시킬 수 있을지 고민하고 있었거든요."

최대한 말을 신중히 선택해 전할 생각이었는데 코자쿠라는 점점 오만상을 찌푸렸다.

"안 좋은 예감밖에 안 드는 서론이네. 뭘 꾸미고 있는 거야, 소라오."

그 질문에 난 드디어 오늘의 본론으로 들어가게 되었다.

"장례식을 치르지 않으실래요? 사츠키 씨의."

"장례식――."

"안 하셨죠?"

"무슨 의미로 하는 말이야? 절에서 불경을 드리고 무덤에 넣겠다는 뜻이야?"

"그걸로 만족하신다면 그것도 좋지만 그 전에 두 번 다시 변신하지 않도록 제령해야겠죠."

의아해하는 얼굴의 코자쿠라에게 난 내 생각과 거기에 이르게 된 경위를 설명했다.

"이거 토리코도 아는 이야기야?"

코자쿠라의 질문에 토리코가 주저하며 끄덕였다.

"흐음……."

코자쿠라는 허공을 보면서 의자를 천천히 좌우로 돌리며 생각에 빠졌다.

생각보다 냉정한 반응이었다. 좀 더 물고 늘어질 줄 알았는데.

"사츠키의 모습을 한 괴물이 돌아다니며 소라오까지 건드리려고 한다고?"

"코자쿠라는 어떻게 생각해?"

"뭐가?"

"소라오의 생각이 맞는다고 생각해? 난 아마 냉정하게 생각할 수 없으니까."

토리코에게 초조함이 섞인 시선을 보낸 후 코자쿠라는 말했다.

"소라오의 사려 깊지 못한 모습은 좀 놀랄 정도지만 그런 녀석밖에 말할 수 없는 것도 있으니까……. 두 번 다시 돌아오지 않는 걸 아는 인간에 대한 미련을 끊어버리고 살아있는 인간이 앞으로 나아가기 위해 그런 의식이 필요하다는 것도 일리는 있어. 그런 의미로는 찬성이야."

나에게로 시선을 옮긴 채 코자쿠라는 말을 이었다.

"다만 소라오가 말하는 건 단순히 토리코나 날 납득시키기 위한 의식이 아니지? 제령하고 진압한다는 건 즉 **퇴치**하겠다는 뜻이잖아."

"직접적으로 표현하면 불평이 생기니까요."

"하하."

코자쿠라가 마른 웃음을 흘렸다.

"하고 싶은 말은 있지만 뭐, 됐어. 구체적으로는 어떻게 할 생각이야?"

"처음엔 저도 막연해서 뭔가 파고들 틈이 없는지 사츠키 씨의 관계자에게 순서대로 이야기를 들어보려고 했는데. 아카리와 이야기를 나누고 생각이 좀 확고해졌어요."

내가 말하자 토리코가 의외라는 듯 끼어들었다.

"알아낸 게 아무것도 없는 것 아니었어?"

"사츠키 씨에 대해서는 그렇지. 굳이 말하자면 나츠미와 이야기를 나누다 떠올랐지만――."

머릿속을 정리하면서 난 설명을 시작했다.

"우선 '제령한다'는 게 어떻게 하면 제령한 게 되는지 생각해 봤어요. 말 자체는 옛날부터 있었고 일반적으로는 신도 같은 전통 종교의 액막이를 상상하지만 종교적인 색체를 벗겨내면 어디서나 같은 걸 하고 있다고 생각해요."

"흐음?"

"아카리가 이세계를 나츠미에게 설명할 때 '이상한 분위기로 변한다'고 했어요. 그 아이는 중간 영역밖에 모르니까 그런 표현을 썼겠지만. 그러자 나츠미가 제령한다는 건 그런 공기를 없애기 위해 필요한 거 아니겠냐고 물었고 그때 깨달았어요."

내 이야기를 두 사람은 의아스러운 표정으로 듣고 있었다.

"확실히 괴담은 그렇잖아요. 무슨 일이 일어나기 전에 우선 공기가 변하거든요. 그 공기가 변하지 않는 한 이상한 일이 계속 이어지고 벗어날 수 없죠. 즉, 괴담에 대처하려면 각각의 현상보다도 공기를 어떻게든 할 필요가 있다——라고 생각하면 딱 들어맞는다고 생각해요."

"**괴담에** 대처한다는 말이 맞는 거야?"

"우리의 경우 맞는다고 생각해요. 이세계의 존재는 괴담의 틀에서 접근하니까 우린 항상 쿠네쿠네나 팔척귀신처럼 눈에 보이는 괴물뿐만 아니라 그걸 포함하는 틀과 마주하고 있는 게 되죠."

"오히려 그쪽이 본체인 건가?"

자신의 왼손으로 시선을 떨구고 토리코가 말했다.

"혹시 내 손이 만지는 건 그것일까? '괴담의 틀'?"

"앗…… 그럴지도 몰라!"

공포와는 다른 오싹거림이 등줄기를 타고 흘렀다. 토리코의 말은 꽤 핵심을 파악한 것처럼 보였다. 머릿속에 산재해있던 부분들이 직소퍼즐처럼 연결되는 걸 느꼈다.

"……저기, 괜찮아?"

내가 입 다물고 있는 게 걱정된 것인지 코자쿠라가 말을 걸었다.

"죄송해요. 중간에 생각을 좀 했어요. 그러니까……."

"어떻게 하면 사츠키를 제령할 수 있는지 이야기하고 있었어."

"그랬죠. 아까 말한 대로 액막이가 '공기를 바꾸는 일'이라면 우루마 사츠키가 나왔을 때도 어떻게든 해서 그 자리의 공기를 바꾸면 될 거라고 생각해요. 이건 비교적 확신이 있는데…… 사실 괴담에서도 공기가 바뀌면서 살았다는 이야기가 가끔 있거든요."

"예를 들어 어떤 식으로?"

"꽤 자주 듣는 건 야한 이야기를 한다는 거였어요."

두 사람이 어이없단 표정을 지어 난 서둘러 말을 이었다.

"아니, 정말이에요. 굉장히 위험한 분위기로 변했을 때, 저속한 말을 엄청 내뱉어서 살았다는 이야기가 있어요. 전 영혼이 어떻다거나 그런 말은 별로 하지 않지만 성은 생명의 근원이니까 죽음의 세계에 속하는 영혼의 반대라는…… 그런 이치는 일단 있어요. 옛날부터 있던 사고방식이죠. 혹시 토리코 기억해? 우루미 루나의 엄마가 날 향해 악마를 쫓아내는 핸드 사인을 보여줬잖아."

그때 일이 생각난 건지 토리코가 기분 나쁘다는 듯 눈살을 찌푸렸다.

"그래……. 그게 악마를 쫓는 거였어?"

"마노피카라고 기독교나 유대교에서 재난을 초래하는 사악한 눈에 대한 악령 퇴치의 의미가 있는 제스처. 그래서 나에게 사용했던 거야."

"이 이야기를 어떻게 받아들여야 되는 건지 모르겠지만 그건…… 괴물은 성적인 것에 약하다는 뜻이야? 그럼 사츠키가 나타나면 함께 일제히 음란한 이야기를 하면 돼? 너무 재미있을 것 같은데."

코자쿠라가 가볍게 웃으며 말했다. 무심코 낚여서 웃으면서도 난 고개를 가로 저었다.

"이론은 그렇게 되겠지만 실제로 대면하면 그런 건 무리일 거예요. 사츠키 씨에 대해서는 솔직히 지금까지 두 사람의 이야기를 들어봐도 느낌이 안 왔는데 제가 마주치고 확실하게 알게 됐어요. 그건⋯⋯ 위험해요."

그렇다고 말하려는 듯 두 사람도 고개를 끄덕였다.

"이해를 하게 돼서 다행이라고 해야 하는 건지, 마음이 좀 복잡해."

"지금까지도 우루마 사츠키의 그림자나 다른 버전의 녀석들과는 몇 번인가 조우했고 우루미 루나 앞에 나타났을 때도 꽤 위험했지만── 평범하게 말을 걸어왔을 때가 가장 위험했어요. 대화가 안 되는 완벽한 괴물이 훨씬 나을 정도였다고요."

"이번에 소라오는 직접 대화했지? 그런데도 인간이라고는 생각할 수 없었어?"

"전혀 생각할 수 없었어요. 인간의 모습은 하고 있었지만 지금의 우루마 사츠키는 〈T씨〉 같은 존재라고 생각해요. 고급 인터페이스랄까⋯⋯. 생김새를 포함해서 생전부터 갖고 있던 타인을 유혹해 속이는 기능이 그대로 계승된 것 같아요."

"기능이라⋯⋯."

코자쿠라가 중얼거리며 입술을 삐죽거렸다.

"인간의 가치를 기능으로 판단하는 여자였던 그 녀석이 이세계에 먹히고 본인도 기능으로 사용되고 있다니, 아이러니하네. 점점 나도 제대로 장례식을 치르고 성불시켜야 한다는 생각이 들기 시작했어."

토리코도 뭔가 한 마디 할 줄 알았지만 특별한 코멘트는 없었기 때문에 난 원래 하던 이야기로 돌아왔다.

"괴담은 신중하지 못한 것치곤 이상한 부분에서 품위 있는 장르라 음란한 이야기는 드물어요. 겁나게 하고 싶을 때 성적인 요소가 들어가면 그야말로 분위기가 깨지니까 피하는 걸지도 모르죠. 어쨌든 야한 이야기는 어디까지나 공기를 바꾸는 방법의 예로서 든 것뿐이고 약점이라고 하긴 약해요. 성적인 요소가 들어가는 괴담은 자극적인 게 많고 보통 러브호텔에서 무서운 체험을 하는 사람도 있고."

"러브호텔에서 열린 여자들 모임에서도 이상한 일이 일어났었지."

"그 이야긴 이제 됐잖아요."

이 이야기를 생각보다 더 오래 질질 끄는 것 같다고 지긋지긋해하면서 난 말했다.

"이것도 유명한 이야긴데 페브리즈로 제령이 가능하다는 속설도 '공기를 바꾼다'는 문맥과 이어진다고 생각해요. 향기로 직접적으로 공기를 바꾸니까요. 향을 피우는 것도 똑같죠. 소리를 내는 방법도 있어서 종이나 방울은 절이랑 세트잖아요. 집에서 유령이 나왔다고 집안의 불을 전부 켜고 시끄럽게 음악을 틀고 아침까지 노력했다는 이야기도 있는데 무서운 분위기를 바꾸려는 시도라는 의미에서는 전부 다 똑같아요."

"그냥 공기를 바꾸기만 하면 되는 거라면 전통 종교의 그런 방법으로도 될 것 같은데. 향을 피우고 불경을 드리고 종소리를 울리고……."

"네. 하지만 그걸로 사츠키 씨를 제령할 수 있을까요?"

두 사람이 복잡한 얼굴로 변했다.

"아니."

"나도 그렇게 생각해."

"그렇죠. 그건 아마 상대에게 압도당하고 말 테니까요."

"사츠키의 공기에?"

"맞아요. 생각해봤는데 공기엔 강하고 약한 게 있는 것 같아요. 강한 공기를 가진 쪽이 그 자리를 지배할 수 있다. 약한 쪽이 강한 공기를 망가뜨리긴 어렵다. 이건 괴담이 어떻고 하는 것과 관계없이 살아있는 인간도 똑같아요. 이 공기를 강화하는 수단이 의식이에요."

"그건 그렇지. 소라오도 인간에 대해 꽤 많이 알게 됐네."

"아, 감사합니다."

칭찬인가? 당황하는 나에게 토리코가 불만스러운 얼굴로 말했다.

"잘 모르겠어. 사츠키는 공기가 강하니까 저항할 수 없단 거야?"

"으──음, 예를 들어…… 초등학교에 장난꾸러기가 있을 수 있잖아. 떠들고 말도 안 듣고 주변 아이들을 괴롭히는. 하지만 그 아이가 졸업식 같은 제대로 된 의식의 자리에서 그와 같은 짓을 하면 선생님한테 혼나기 전에 이 녀석 대체 뭐냐는 시선이 먼저 집중되잖아. 엄청 안 어울리는 거북한 느낌이 들지."

"무슨 말을 하고 싶은지는 알겠어. 그래서?"

"하지만 같은 졸업식에 식칼을 든 모르는 남자가 들어와서 소란을 피우면 어떨까. 아마 다들 얼어붙겠지. 아무리 엄숙한 의식이라 해도 단 한 사람에게 지배당하게 되는 일이 있어."

"그건 그럴지도 모르지만…… 그건 폭력성을 갖고 있느냐 없느냐의 차이잖아."

"물론 그 말도 맞아. 아니, 오히려 폭력성은 그 자리를 지배하기 위해 굉장히 유효한 방법이니까 우리의 총은 이세계의 공기에 압도당하지 않기 위한 수단으로 효과를 발휘하고 있다고 생각해."

"다만 총이 있다고 해도 소라오의 눈이나 내 손이 없다면——."

"그래, 통용되지 않으니까 단순히 큰 소리를 내는 도구밖에 안 돼. 우리의 경우엔 잘 맞물려서 다행이지만 그렇지 않았다면 효과 없는 총을 난사하면서 도망치는, 호러 영화에서 자주 나오는 장면밖에 연출할 수 없었겠지."

"반대로 소라오의 눈이 있어도 총 없이 약한 맨손 펀치였다면 의미가 없었을 거야."

"그러네요. 그런 경우에도 상대의 공기를 망가뜨릴 수 없겠죠."

"그럼 의식과 관계없이 갑자기 발사하면 된다는 뜻이야?"

"그게 효과가 있다면 좋겠지만 결정타가 되지 않는다는 걸 알고 있으니까요."

"무슨 뜻이야?"

"제가 지금까지 사츠키 씨의 모습을 한 녀석을 몇 번이나 쐈거든요……."

예상대로 멈칫하는 두 사람을 무시한 채 난 이야기를 이어나갔다.

"그래서 의식이 필요하다고 생각했어요. 우루마 사츠키가 가진 강력한 공기를 좀 더 강하게 그 자리의 공기로 억누르고 이쪽에는 이제 거처가 없다고 못을 박아야 해요."

"그런 게 가능할까……?"

코자쿠라가 의심스럽다는 듯 고개를 갸웃거렸다.

"우리를 향한 이세계의 접근은 똑같은 방법을 별로 반복하지 않는 경향이 있다고 생각해요. 〈T씨〉도 그 이후로는 더 나오지 않게 됐고. 다양한 방법을 시험해보는 건지 랜덤으로 나오는 건진 모르겠지만……. 우루마 사츠키가 끈질기게 내 앞에 나타나는 건 나에게 유효한 접촉 방법이라고 간주하고 있기 때문일 거예요."

"소라오 개인에게?"

"생각하고 싶지 않지만 아마 그렇지 않을까요? 왜 원래 인연이 있던 토리코나 코자쿠라 씨가 아니라 내 앞에 나타났는지 생각해보면 지금 우루마 사츠키가 주목하고 있는 건 나라는 결론밖에 나오지 않아요."

거기까지 말하고 문득 걱정이 됐다.

"저기, 혹시 나에게 말하지만 않았을 뿐, 실은 두 사람에게도 찾아왔었나요?"

"아니……."

"안 왔어."

나란히 부정하는 코자쿠라와 토리코는 비슷한 표정을 하고 있었다.

"다행이다. 그럼 날 따라다니는 것만 관두게 하면 되겠네요. 그걸로 이야기가 하나 심플해졌어요."

두 사람의 얼굴에 비친 복잡한 감정을 무시하며 난 가볍게 말했다.

"소라오가 하려는 건 어떤 의식이야?"

"아직 생각 중이야. 하지만 적어도 두 사람이 도와줘야 할 거야."

"그야 물론 해야지."

"뭐어? 싫은데……."

의자 위에서 몸을 비틀며 싫어하는 코자쿠라에게 토리코가 눈썹을 치켜 올리며 말했다.

"사츠키의 장례식인데 코자쿠라가 안 가면 안 되잖아."

"싫어, 어차피 또 엄청 무서운 일을 당하게 될 거 아냐."

"무슨 일이 일어날진 모르지만 그럴 가능성은 높겠죠."

"이거 봐. 부의금만 맡길 테니까 잘 부탁해."

"이 기회에 인연을 끊지 않으면 다음엔 제가 아니라 코자쿠라 씨에게 찾아오게 될지도 몰라요."

코자쿠라는 이마에 손을 대고 잠시 잠자코 있다가 오도카니 말했다.

"……그건 안 되지."

"그렇죠? 집에 혼자 있을 때 나오면 엄청 무서울 것 같은데."

"무서운 것도 그렇지만 이제 와서 찾아오는 것도 곤란해…… 정말 이제 와서."

긴 한숨을 내쉬며 코자쿠라가 말했다.

"알았어. 뭘 해야 좋을지 확실해지면 알려줘."

"감사합니다."

"난 뭘 하면 돼?"

"토리코는 DS연구소에 같이 가줘."

"뭐 하러 가는데?"

"또 한 명, 우루마 사츠키와 인연이 깊은 녀석이 있잖아."

"……아아."

얼굴을 있는 힘껏 찡그리는 토리코를 향해 난 고개를 끄덕였다.

"그래. 우루미 루나에게도 도움을 받으려고."

6

《《카미코시 씨, 와줬구나, 와──아♡》》

와아는 무슨. 그렇게 한심해하면서 난 유리창 너머의 우루미 루나를 바라보았다.

형광등이 밝게 비치는 DS 연구소 병동. 특별하게 제작된, 완벽하게 방음 처리된 방에서 우루미 루나는 필담용 화이트보드를 손에 들고 방긋방긋 웃고 있었다.

두꺼운 아크릴 유리창 너머로 루나와 마주하고 있는 건 나랑 토리코 두 사람뿐. 미기와는 떨어진 방에서 감시 카메라로 상황을 보고 있을 것이다.

루나가 내 옆에 선 토리코에게도 팔랑팔랑 손을 흔들었다. 붙임성 있게 보이지만 얕보고 있다는 건 한눈에 알 수 있었다.

다시 화이트보드에 루나가 글을 써서 이쪽으로 보여주었다.

《〈오늘은 무슨 일로 왔어요?〉》

난 마이크 스위치를 켜고 말했다.

"그쪽으로 가도 돼?"

깜짝 놀라 감탄사를 흘리고 있다는 건 듣지 않아도 알 수 있었다. 대답을 기다리지도 않고 난 지문인식 도어락에 손을 댔다. 〈T씨〉의 습격 이후 병동 내부 상황을 확인하러 갔을 때 나랑 토리코의 지문은 문을 열 수 있도록 등록되었다. 두꺼운 문이 밀폐된 상태를 깨뜨리는 푸쉬이 하는 소리와 함께 열렸고 우리는 안으로 들어갔다.

등 뒤에서 문이 닫혔다. 루나는 아직 놀란 얼굴을 하고 있었다.

"……응? 혹시 석방?"

농담 섞인 질문이었지만 우리가 웃지 않았기 때문에 루나도 정색했다.

"갑자기 뭐야……? 좀 무서운데. 날 처형하든 석방하든 둘 중

하나일 것 같은 분위기잖아요."

"필담으론 좀 답답해서 들어왔어."

"뭐야, 뭐야, 뭐야? 무서워, 무서워."

"할 말이 있어. 앉아."

"무, 무슨 짓을 할 생각이죠?"

"총도 없잖아. 이야기만 할 거야."

우리가 빈손이라는 걸 그때 겨우 깨달았는지 루나는 미심쩍어하면서도 침대에 걸터앉았다. 우리는 계속 서 있었다.

"카미코시 씨, 거기 의자 써도 돼요. 하나밖에 없으니까 토리코 씨에겐 미안하지만."

토리코는 움직이지 않았다. 깐족깐족 도발해도 전혀 상대하지 않고 아무 말하지 않았기 때문에 역시 루나도 불안해 보였다. 토리코가 무표정인 채로 조용히 내려다보고 있으면 박력이 느껴져 무서웠다. 나도 몇 번인가 경험한 적 있어서 잘 알고 있었다.

"할 말이라니……?"

"루나, 우루마 사츠키를 어떻게 생각해?"

난 단도직입적으로 말을 꺼냈다.

루나는 방긋방긋 웃으며 답했다.

"이제 와서 뭐예요? 그야 물론 숭배하고 있죠. 루나의 귀여운 얼굴에 성흔을 남겨주셔서 굉장히 감격했고──."

"그런 말은 됐어."

루나의 입에서 흘러나오는 실없는 소리를 난 막았다.

"어머니가 죽고 네가 굉장히 화났다는 것쯤은 알아. 실속 없는 소린 필요 없어."

루나의 얼굴에서 표정이 사라졌다. 반쯤은 추측이었지만 맞았
던 모양이다.

"다 아는 척 말하지 말아줄래요?"

"미안하지만 배려하긴 힘들어."

방에 하나뿐인 의자를 책상에서 끌어당겨 등받이를 앞으로 두
고 루나와 마주보고 앉았다.

"우루마 사츠키의 장례식을 치르게 됐어."

"죽지 않았잖아요, 사츠키 님은."

"아직은."

"아직은?"

"한 가지 묻고 싶은데 지난번 우루마 사츠키를 불러냈을 때
어떻게 했어?"

"내가 불러냈을 리가 없잖아요. 그쪽에서 와주셨어요."

"최종적으론 그랬지. 하지만 그전에 여러 가질 시도해봤잖아,
그 〈목장〉에서."

우루미 루나는 우루마 사츠키와의 접촉을 위해 〈목장〉 건물을
리폼해 다양한 괴담을 재현하는 시도를 했다. 「괴물을 언급하면
괴물이 찾아온다」라는 이론을 실제로 실험해봤던 것이다.

"뭐, 확실히 여러 가질 해봤지만. 그걸 알아서 어쩌려고요?"

"우루마 사츠키의 장례식을 위해서는 우선 불러낼 필요가 있
으니까. 뭐가 결정타였는지 알고 싶어서."

"장례식을 위해 불러낸다……."

루나는 수상쩍다는 듯 날 바라보았다.

"온당하지 않네요. 혹시 사츠키 님께 무슨 짓을 하려는 건가요?"

"저쪽이 시작한 싸움이니까."

"카미코시 씨, 사츠키 님과 한 번 해볼 생각이에요?"

"이번에는 철저하게 해보려고. 두 번 다시 우리 앞에 나타나지 않도록."

루나는 잠시 침묵한 후 낮은 목소리로 말했다.

"그 말을 듣고 내가 어떻게 반응할지 생각해보지 않은 건 아니겠죠?"

시선 끝에서 토리코의 손이 움찔거렸다. 긴장된 공기 속에서 난 말했다.

"네 입을 찢고 어머니를 죽인 여자를 계속 감싸고 싶다면 그렇게 해. 계속 숭배하는 척하는 것도 네 마음이지. 그렇게 쉽게 생각을 바꿀 순 없을 테니까. 하지만 솔직해지는 게 너에게도 이득이라 생각해."

"이득?"

"루나, 평생 여기 있고 싶어?"

손을 흔들며 루나의 방을 가리켰다. 외부와 완전히 단절된 새하얗고 청결한 독방.

루나가 뭔가 말하려고 입을 연 순간 난 그것을 가로막고 말했다.

"쾌적하다는 재미없는 거짓말은 관둬, 시간 낭비니까. 그런 거짓말이 버릇처럼 됐겠지만. 우린 진지한 이야기를 하러 왔고 그걸 위해 일부러 위험하단 걸 알면서 네 방으로 들어왔으니까 말할 거면 잘 생각하고 말해."

벌리던 입을 닫고 주저하듯 다시 열었다 또 닫고……. 무슨 말을 해야 좋을지 알 수 없게 된 듯한 루나에게 난 한 번 더 물었다.

"여기 있고 싶어?"

"……있기 싫어."

드디어 루나가 말했다.

"이런 곳에서 인생을 끝내고 싶을 리가 없잖아요. 밖으로 나가고 싶어. 하지만 무리잖아. 루나의 목소리는 너무 위험해서 꺼내줄 거라고 기대해봐야 소용없으니까."

"루나가 나갈 수 없는 건 목소리가 위험하기 때문이 아니야."

"그것 말곤 뭐가 있는데요?"

"무슨 행동을 할지 모르기 때문이지."

나의 오른쪽 눈을 가리키며 난 말을 이었다.

"내 눈은 사람을 잠시 보기만 해도 미치게 만들 수 있어. 이게 엄청 위험하다는 건 굳이 생각 안 해도 알 수 있지. 하지만 난 너와 달리 갇히지 않았어. 뭐 때문이라고 생각해?"

"여기 직원들과 친구라서 그런 거 아닌가요?"

"다들 난 분별없이 인간을 미치게 만들지 않는다고 여기기 때문이야."

"나도 그런 건……."

"넌 실컷 저질렀잖아. 딱히 그걸 후회하지도 아니고."

"그럼 뭐야? 내가 나갈 수 없는 건 범죄자라서가 아니라 반성하지 않기 때문이라는 뜻이야?"

루나가 덤비듯 말했다.

"반성하는지는 몰라. 너의 마음속 문제니까 하고 싶으면 마음대로 하면 돼. 알고 싶은 건 앞으로 네가 같은 짓을 저지를지 어떨지 라는 거지."

"잘 모르겠어. 무슨 말을 하고 싶은 건가요?"

"DS연구소는 널 어떻게 다뤄야 할지 곤란해 하고 있어. 여긴 경찰서나 교도소가 아니니까. 법집행기관이 아닌 민간단체가 미성년자를 감금하고 있는 거라고. 넌 환자가 아니니까 입원도 아니고. 하지만 네 〈목소리〉는 너무 위험해서 굉장히 엄중하게 경계하지 않으면 안 돼. 너에겐 돈 많은 후원자가 없으니까 그 비용도 이쪽에서 부담하지. 널 평생 가둬두는 건 딱히 아무도 원하지 않아."

이러한 설명은 미기와가 한 말을 그대로 옮긴 것이었다. 이야기를 이어나가려고 했더니 갑자기 루나가 격분했다.

"아아, 그렇습니까?! 여기 사람들도 날 내팽개치려는 거군요!"

"뭐?"

자기가 앉은 침대를 분노하는 대로 두들기며 루나가 흥분해 말을 토해냈다.

"그렇겠죠! 성가신 존재를 내쫓고 싶겠지! 나 같은 건 필요 없으니까! 그렇겠죠, 알고 있었어요! 그럼 그냥 내버려두면 되잖아요?! 꺼내주세요, 지금 당장! 굳이 그런 말까지 하지 않아도 나갈 테니까!"

의외의 반응이었다. 얼굴을 새빨갛게 물들인 채 외치는 루나의 뺨에 상처 자국이 하얗게 떠올랐다.

토리코가 얼른 날 바라보며 앞으로 나가려고 했다. 난 고개를 가로 저었다. 루나는 〈목소리〉를 사용하지 않았다. 그저 화가 났을 뿐이다. 난 루나의 텐션에 끌려가지 않고 말했다.

"그러니까 꺼내주면 무슨 짓을 할지 모르니까 꺼내줄 수 없는 거라고."

"그럼 어쩌라는 거예요?! 아무 짓도 안 하겠다고 약속하면 돼요?!"

속을 끓이는 루나가 외쳤다.

"응. 맞아."

"……네?"

"약속해주지 않을래? 아무 짓도 안 하겠다고. 분별없이 〈목소리〉를 사용하지 않겠다고."

루나는 멍하니 날 바라보았다.

"……그것뿐이에요?"

"그것 말고 뭘 할 수 있는데?"

침대에서 펄쩍 뛰었던 엉덩이를 루나가 느릿느릿 내려놓았다.

"약속만으로 내보내주겠다는 건가요? 믿기 힘든데요."

"뭐, 그렇겠지. 하지만 정말 그게 내가 하고 싶은 말이었어."

"제정신이에요……? 내가 이런 말하는 것도 이상하지만."

루나는 나에게서 토리코에게로 시선을 옮겼다.

"니시나 씨도 같은 의견인가요?"

"난 반대야."

이 방에 들어와서 처음으로 토리코가 입을 열었다.

"그렇겠죠. 다행이다. 내가 이상해진 게 아니라서——."

"**반대였어.** 하지만 사츠키와 제대로 이별하기 위해 루나가 필요하다면 어쩔 수 없겠지."

"네에……? 정말 그걸로 되겠어요?"

루나가 어쩐지 섬뜩한 표정으로 토리코를 바라보았다. 토리코는 그 이상 아무 말도 하려고 하지 않았기 때문에 내가 대신 말했다.

"우리도 이야기를 꽤 많이 나눴어. 루나를 어떻게 할지에 대해서. 계속 가둬둘 순 없을 거라고는 다들 생각하고 있지만 그럼 어떻게 하면 안심하고 데리고 나올 수 있을지 몰라서."

"정말인가요? 조만간 살해당할 거라고 생각했는데."

"그럴 생각이라면 언제든 죽였겠지. 죽이는 것까지 하지 않아도 수술로 성대를 제거하고 내쫓을 수도 있었어."

"무섭다. 왜 안 했어요?"

"한 번 구했으니까. 여긴 일단 의료 시설이고. 넌 아직 어린애라 역시 양심에 찔리잖아."

"의외로 좀 무르네요."

"나도 토리코도 널 죽이고 싶을 만큼 미워하냐고 묻는다면 그렇지도 않고. 너에게 세뇌된 사람이나 그 가족들은 어떻게 생각할지 모르지만."

"카미코시 씨는 그럴지도 모르지만 니시나 씨는 나 같은 건 언제든 때려죽이고 싶은 거 아니었나요?"

"생색 낼 생각 없으니까 말 안 했지만 우루마 사츠키에게 아래턱을 뽑힐 뻔하고 기절한 널 구해낸 건 나뿐만이 아니라 토리코도 그랬어."

"네?"

의외라는 듯 소리를 흘리며 루나가 토리코를 응시했다. 토리코는 떨떠름한 얼굴로 루나를 노려보았다.

"왜? 그냥 내버려둘 걸 그랬나?"

"……"

"과거 이야기는 그렇다 치고…… 루나, 너도 좀 도와줬으면 좋겠어. 여기서 나가게 해줄게. 하지만 그걸 위해 약속해줬으면 좋겠어. 이제 누구든 관계없이 다른 사람을 세뇌시키지 않겠다고."

"그런 약속이 뭐가 된다는 거죠? 내가 깨면 끝이잖아요."

"응…… 하지만 아마 우리 같은 인간들은 구두 약속을 소중히 할 수밖에 없을 거야."

"왜요?"

"우리도 너도 사회나 법률 밖으로 발을 내디뎠으니까. 무슨 일이 생겼을 때 사회 구조 속에선 도움을 받을 수 없어. 우리가 계속 살아가려면 각자가 나눈 약속을 지키는 수밖에 없지."

"무슨 말을 하는지 잘 모르겠는데요……."

곤란하다는 표정을 지으며 루나가 중얼거렸다.

"뭐, 이론은 됐고. 이야기를 심플하게 할게. 얌전히 도와준다면 여기서 나가게 해줄 수 있어. 마지막으로 우루마 사츠키의 얼굴을 볼 수 있을지도 몰라."

"도와달라는 건 사츠키 님의 장례식을?"

"그래."

"사츠키 님의 장례식…… 진심으로 하는 말인가요?"

"안 그러면 일부러 찾아오지도 않았어."

난 일어나 의자를 원래 장소로 되돌려놓았다.

"잘 생각해봐. 그리고 우루마 사츠키를 부르기 위해 어떤 짓을 했는지 떠올려봐. 또 물어보러 올 테니까."

방을 나가는 우리를 루나는 아무 말 없이 배웅했다.

〈목소리〉도 사용하지 않았다.

"피곤해……."

루나 방을 나와 미기와가 대기하고 있던 회의실로 돌아온 나는 몸에 힘이 빠져 테이블에 엎드렸다.

무방비한 후두부에 토리코가 페트병에 든 차를 얹었다. 정수리 두피가 차가웠다.

"수고했어."

"평범하게 건네줘……."

손을 들어 올려 차를 받고 몸을 일으켰다.

"참게 해서 미안해, 토리코. 때려눕히고 싶어서 근질근질했지?"

"그렇게까지 폭력적이지 않거든!"

토리코에게 항의 받으면서 페트병을 열어 입에 가져다댔다. 색다를 것 없는 차가 몸에 스며들었다.

루나와 장시간 같은 방에 있는 건 너무 위험했다── 루나 〈목소리〉의 위협은 전혀 없어지지 않았고 나랑 토리코, 둘 중 누군가의 집중력이 끊어진 타이밍에 습격을 받으면 그대로 당하고 말 테니까 루나의 페이스에 말려들기 전에 얼른 이야기를 끝내는 게 나았다. 그런 생각에 기초해서 정신없이 밀어붙일 만큼 밀어붙이고 돌아온 것이었다. 나 말고는 할 수 있는 인간이 없으니까 노력했지만 익숙하지 않은 일을 하는 바람에 정말 힘들었다.

루나를 어떻게 협조시킬지에 대해선 토리코와도 미기와와도 꽤 오래 의논했다. 우루마 사츠키를 소환하는데 있어서 효과적인 방법을 찾고 싶었고 혹시 가능하다면 루나의 〈목소리〉를 유효하게 활용할 수 있을 거라는 의도가 있었지만 이야기를 나누는 사이에 그렇게 유리한 쪽으로 협조시키는 건 어려울 거라는 사실을 깨닫고 말았다. 심플하게 배신할 가능성이 높았고 구속한 채 데리고 나와 알맞은 타이밍에 〈목소리〉를 사용하게 하는 건 어떻게 생각해도 무리가 있었다.

하지만 어떻게든 해서 루나를 계획에 집어넣고 싶었다. 루나가 가진 경험이나 능력 이상으로 그만큼 우루마 사츠키와 깊은 인연이 있었던 인간을 내버려두면 안 좋을 것 같다는 이유가 컸다.

구실이라기보단 감이지만 이 감에는 따르는 게 좋을 것 같았다. 괴담의 인과는 인간이나 물건의 인연을 기점으로 돌아간다. 루나를 방치한 채 우루마 사츠키의 장례식에 임하는 건 무식하게 큰 보안 취약점을 남겨둔 채 컴퓨터 바이러스만 없애는 것과 같았다. 구멍이 남아 있는 한 늦던 빠르던 또 침입할 것이다. 안

전을 기약하려면 루나를 장례식에 참석시켜 정확하게 결판을 짓게 하고 싶었다.

그걸 위해 어떻게 할지 거듭 이야기한 결과 갱생을 시야에 넣은 상태에서 우루미 루나를 나와 토리코의 감독 하에 두고 DS 연구소에서 해방시킬 수밖에 없는 것 아니겠냐는 결론에 이르렀다. 루나에게 이야기한 내용에 과장은 없었고 다른 계획은 평생 가둘지, 죽일지, 성대를 적출할지, 그런 살벌한 것뿐이라 스킨헤드 의사 선생님은 명확한 반대 의사를 표명했다. 「행동에 문제가 있다고 해도 건강한 인간, 그것도 미성년자를 그러한 형태로 처리하는 건 직업윤리상으로도 개인적으로도 찬성할 수 없다」라는 것. 이전에 루나의 사교 집단의 습격으로 본인도 상처를 입었는데, 성인(聖人)이야 뭐야.

"수고하셨습니다. 실제로 이야기해보고 어떠셨습니까?"

테이블 맞은편에 앉은 미기와가 노트북을 닫으며 물었다.

"이야기가 좀 중구난방이었을지도 모르지만 이쪽 의도는 전했다고……생각하고 싶어요."

"소라오, 루나가 정말 개심할 거라고 생각해?"

"으——음, 뭘 갖고 개심이라고 할진 어렵지만. 본인에게도 말했던 것처럼 마음속으로 무슨 생각을 하든 상관없어. 언동이 바뀐다면 그걸로 됐다고 생각해."

"루나에게 너무 무른 거 아니야?"

"그 녀석에겐 흥미 없으니까 안심해."

"그런 문제가 아니라."

토리코가 불안해하는 것도 지극히 당연하다고 생각한다. 확실히 생각이 좀 무른 걸지도 모른다. 하지만 그럼 그것 말곤 따로 어떻게 해야 하는데? 현실적인 문제로, 아무리 위험하다고 해도 쉽게 사람을 처리할 순 없었다. 우린 야쿠자도 정부 비밀 조직도 아니었다. 미기와는 그 둘에 꽤 가까운 것 같지만⋯⋯.

"미기와 씨는 어떻게 생각하세요?"

"저도 여러 가지 일을 저질러온 인간이고 정말 피할 수 없는 상황에 빠지면 해야 할 일을 하겠지만 내키진 않네요."

미기와는 담담하게 말했다.

"여러 번 말씀드린 대로 우루미 루나를 풀어주게 되면 그 순간부터 우린 큰 리스크를 안게 될 겁니다. 하지만 카미코시 씨가 그러한 선택을 한다면 지지할 겁니다. 두 분이 감독하는 것만으로 충분할지 어떨지는 그 다음 문제겠지만."

"참고삼아 물어보고 싶은데 이런 경우 정석 같은 게 있나요?"

"그렇게 말씀하시면?"

"위험인물의 고삐를 쥐고 제대로 컨트롤할 만한 방법이⋯⋯."

현재 미기와는 나에게 그런 짓을 하고 있었다. 〈목장〉 관리 계약 관련 대화에서 그걸 이해할 수 있었다.

"지위나 가족 등 잃을 게 있는 인물에 대해서는 약점을 쥐는 게 보통입니다만⋯⋯."

"어렵네요. 루나는 잃을 게 없으니까."

"애초에 우루미 루나를 협박하는 건 위험합니다. 적이라고 간주하면 끝, 언젠가는 우리가 제압당해 지배하에 놓일 수 있다고 보는 게 더 낫겠죠…… 직접적으로 협박 안 해도 예를 들어 금전적인 지원을 계속하면서 그게 없으면 생활이 파탄될 상태를 유지하는 방법도 있습니다. 토지나 점포를 빌려주고 비즈니스를 성공시키게 하는 것도 유효하겠죠. 거기서 도망칠 수 없게 될 테니까."

"그럼 살 집을 제공할까요? 굉장히 사치스러운 말인 것 같지만."

"뭐, 처음엔 병실을 자유롭게 출입하는 것부터 시작하는 게 좋겠죠. 상황을 보면서 차츰차츰 생각해보죠."

"상황을 지켜보는 사이에 배신하면 어떻게 해?"

토리코가 물었다. 미기와는 냉정한 어조로 답했다.

"갑자기 살해당할 걱정은 안 해도 될 겁니다. 우선 〈목소리〉를 사용해 세뇌시키려고 하겠죠. 여기서 정시에 연락을 하도록 해놓을 테니 그게 두절되면 이상이 발생했다고 생각하시면 됩니다. 그렇게 된 경우 도움을 주러 오셔야 할 필요가 있으니까 당분간 시설에 들어올 권한을 두 분께도 드리겠습니다."

"권한——."

"구체적으로는 엘리베이터 입력 패널 열쇠와 키코드입니다. 사전에 손을 쓸 방법은 몇 가지 있으니까 긴급 사태에는 어떠한 형태로 두 분께 정보가 가도록 해두겠습니다. 우려가 우려로 끝나면 더할 나위 없겠지만 일이 생길 경우 굉장히 심각해질 테니까 가능한 한 예방조치는 강구해놓도록 하죠."

"네? 이제 와서 하는 말이지만 열쇠를 받아도 될까요? 언제든 마음대로 여기 들어올 수 있게 된다는 뜻이잖아요?"

"그렇게 되겠죠."

난 당황해 토리코와 얼굴을 마주보았다.

"분명 필요할지도 모르지만 정말 괜찮을까요? 우린 DS연구소 직원도 아닌 외부 인간인데. 코자쿠라 씨도 열쇠는 없죠?"

"신뢰의 증표라고 생각해주십시오."

경험이 풍부하고 신중한 미기와에게 그런 말을 듣고 난 도리어 걱정이 됐다. 객관적으로 보면 나나 토리코도 루나처럼 위험한 능력을 가진 제4종 접촉자에 지나지 않는다. 내가 욕심 없는 인간도 아니고 인격자도 아니라는 걸 미기와는 잘 알고 있을 텐데.

"이상합니까?"

"뭐, 솔직히……. 왜 그렇게까지 믿어주는지 모르겠어요."

내 대답에 미기와는 재미있다는 듯 미소를 지었다.

"글쎄요, 우루미 루나 일과도 연결되니까 잠시 이야기해보자면…… 반사회적 집단이 종종 가족과 유사한 관계를 형성하는 이유가 뭐라고 생각하십니까?"

"반사회적인 집단이라면 야쿠자 말인가요?"

"네. 야쿠자나 마피아 같은 범죄 조직은 '아버지와 아들'이나 '피가 섞인 인연'이라고 부를 수 있을 만한 혈연관계 없이 구성원끼리 유사가족관계를 표방하는 일이 많습니다. 이유는 다양하지만 조직 밖의 도리보다도 이 '가족'이 우선이라는 두서를 갖추는 의미가 크다고 말할 수 있습니다. 법 밖에서 활동하는 범죄조직 안에서는 폭력과 돈으로 선악이 결정되지만 그건 동시에 정말 그 폭력과 돈에 의해 조직의 질서가 붕괴될 위험이 있다는 것도 의미합니다. 정말 기준이 그것밖에 없는 경우, 연장자보다 큰 무력이나 금전을 손에 쥐면 하극상을 일으키는 게 최적의 해답이 될 테니까요."

대학에서 가르치는 것처럼 막힘없이 미기와가 설명했다.

"아무리 권력이 있다 해도 항상 아랫사람의 불만을 억누를 순 없습니다. 힘이 효과를 나타내는 집단에서는 더더욱 불합리함이 버젓이 통용되기 쉬우니까. 그래서 금액이나 인원수라는 수치와는 다른 평가축이 필요합니다. 그걸 위해 유용한 게 가족이라는 틀로서 '부모'나 '형님'을 거스르는 건 금기. 보살펴줄 테니까 같은 패밀리의 일원으로서 정신 차리고 행동하라는 그런 형태가 생기죠."

"아까 소라오가 루나에게 했던 말이랑 좀 비슷해."

"뭐? 그래? 뭐라고 했었지?"

"우린 사회를 의지할 수 없으니까 구두약속을 잘 지켜야 한다고."

"아…… 비슷한가?"

듣고 보니 그런 말을 했던 것 같다. 루나에게 대화 주도권을 건네고 싶지 않아서 떠오르는 생각을 지체 없이 이야기했으니까 솔직히 별로 기억은 나지 않았다.

아니, 이 흐름에서 비슷하다는 말을 들으면 내가 반사회적 집단과 같은 생각을 하고 있다는 게 되잖아. 바라던 바가 아니었어.

무심코 불만스러운 표정을 짓는 나에게 미기와가 말을 이었다.

"카미코시 씨는 본질을 파악하고 계실 거라 생각합니다. 우루미 루나를 어떻게 제어할지 생각하면 아무리 해도 무리가 생기겠죠. 그 〈목소리〉를 사용하면 끝이니까 상대가 심플하게 훨씬 강합니다. 두 분의 존재가 없었다면 궁지에 몰렸을 겁니다."

미기와가 무슨 말을 하고 싶은지 점점 이해하게 됐다.

"즉…… 루나를 갱생시키고 협조하게 하려면 우리의 '패밀리'로서 거둬들일 필요가 있다는 뜻인가요?"

"그렇습니다. 실제로 패밀리라는 단어를 사용할지 어떨지는 둘째 치고라도."

난 고개를 가로 저으며 싫다고 도리질했다.

"역시 가족이라는 건 쓰레기 같네요."

미기와가 풋 웃으며 말했다.

"카미코시 씨가 그런 말을 사용하다니, 신선하네요."

"네? 그런가요?"

"감정을 굉장히 잘 억누르는 편이라는 이미지가 강했으니까요."

그랬나……? 다들 표정에 다 드러난다고 했었는데 의외였다.

아니, 반대인가? 생각한 게 얼굴에는 드러나지만 입으로는 말하지 않으니까 그런 평가가 나오는 건가?

"재미없을지도 모르지만 그만큼 인간에게 가족이라는 틀은 잘 기능하고 있단 거죠."

"싫은데……."

"그렇게 싫어?"

토리코의 질문에 난 고개를 끄덕였다.

"원래 가족이라는 집단에 별로 좋은 이미지가 없었는데 더욱더 싫어졌어."

"그렇게까지 나쁜 건 아니라고 생각하는데……?"

"토리코는 그렇게 말하겠지만."

눈썹이 축 처져있는 모습을 보고 난 살짝 톤을 다운시켜 답했다. 토리코가 잃은 가족들까지 깎아내리고 싶진 않았다.

"뭐, 어쨌든 알겠습니다. 요컨대 속박에 얽매이면 쉽게는 배신할 수 없게 된다는 뜻이죠? 그걸 위해서는 패밀리라는 형식이 효과적이라고."

"맞습니다."

"저기, 우린 사람을 갱생시킨다는 이야기를 하고 있잖아? 그런 말투는 좀…….."

루나를 싫어하는 토리코가 상처 입은 듯한 어조로 말했다.

"토리코는 착해."

"그…… 그런가?"

토리코는 곤혹스러운 모습으로 생각에 빠졌다. 난 한 가지 질문이 떠올라 미기와에게 물었다.

"패밀리라고 하니까 생각나는데…… 코자쿠라 씨가 카스미를 맡았다는 이야기는 들으셨어요?"

"들었습니다. 우리로서는 마침 잘됐다고 생각하는데 괜찮습니까? 혼자 사는 여성이 갑자기 신출귀몰한 미취학 아동과 산다는 건 꽤 힘들 텐데요. 무리하시지 않았으면 좋겠습니다만."

"비교적 굳게 마음을 먹은 것 같았어요."

"그렇습니까. 그 일에 대해서도 뭔가 도움을 부탁드리게 될 겁니다. 번거로우시겠지만 계속해서 잘 부탁드립니다."

이야기는 끝났다. 아직 일이 남았다는 미기와의 배웅을 받으며 우린 회의실을 나왔다.

"아~~, 지쳤다. 지쳤어."

기지개를 켜면서 난 말했다.

"루나가 어떻게 나올까?"

"마음만 먹으면 돈이든 집이든 손에 넣을 능력이 있으니까 요구가 까다롭겠지. 원룸 아파트를 제공하는 것만으로는 안 될지도 몰라."

"부럽다. 난 다른 사람을 미치게 만들 뿐인데."

"난 좀 더 불편해. 나에게는 안 보이는 무언가 기분 나쁜 걸 만질 수 있다는 게 뭐가 어떻다는 건지."

"루나가 미나토구 초고층 아파트에서 살고 싶다고 하면 어쩌지?"

"모르겠어, 반대로 카마쿠라의 낡은 민가가 취향일지도."

"너무 수수하잖아. 절대로 아닐걸."

드디어 긴장이 풀린 우린 시시한 이야기를 나누며 엘리베이터 홀을 향해 복도를 걸었다.

홀 앞에서 토리코가 갑자기 걸음 속도를 늦췄다.

"왜 그래?"

"잠깐, 이쪽으로 와봐."

토리코가 계단 통로 쪽으로 날 이끌었다.

"아니, 왜?"

당황하는 사이에 복도에서 안 보이는 위치까지 밀렸고 정면에서 꽉 안겼다.

"흐엑, 뭐, 뭐야? 왜 이래?"

불의의 습격에 맥 빠진 목소리가 흘러나왔다.

"소라오, 멋있었어……."

"뭐? 아, 그래? 어디가?"

"루나랑 이야기하는 동안 계속 멋있었어. 끌어안고 싶은데 지금까지 참았어."

"결국 못 참은 거야……?"

"낮은 목소리에 박력도 있고 치사하잖아, 그건."

응? 아카리가 「우루마 선생님」을 형용했던 말과 똑같은 것 같은데…….

그 사실을 깨닫고 뭔가 심술궂은 기분이 들었다.

벽에 떠밀려서 어차피 도망갈 곳이 없었기 때문에 난 귀에 입을 가져다대고 일부러 낮은 목소리로 말했다.

"낮은 목소리에 약하구나."

토리코의 어깨가 움찔! 튀어 올랐고 상체를 뒤로 젖혔다.

오오, 먹혔나……?

토리코는 귀를 막고 믿을 수 없다는 얼굴로 날 응시했다. 자세히 보니 부들부들 작게 떨고 있었다.

"왜 그래?"

"바, 방금 그건 반칙이야."

"아, 그래?"

"뭐하는 거야? 갑자기……."

"얼마 전 깨문 보답."

"……!"

동요한 토리코가 뭔가 말대꾸하려고 했던 그때. 두 사람 바로 옆에 작은 인영이 서 있다는 걸 우리는 동시에 깨달았다.

깜짝 놀라 소리치며 물러선 우리를 미심쩍게 올려다보는 건——카스미였다. 움직이면 바스락바스락 소리가 나는 소재의 형광 핑크 점퍼를 입고 있어 평소라면 100미터 밖에서도 알 수 있을 것 같았다. 이 아이에겐 거의 효과가 없는 것 같지만.

"까…… 깜짝 놀랐어."

두근두근 아픈 심장을 붙들고 어떻게든 난 소리를 짜냈다. 토리코도 상당한 기습이었던 듯, 벽에 손을 대고 축 힘없이 고개를 숙이고 있었다.

"무, 무슨 일이야? 잘 지내고 있어?"

"여자."

"뭐?"

카스미는 계단 아래를 가리키며 한 번 더 말했다.

"여자."

그 말밖에 안 했기 때문에 무슨 일인가 하고 난간 사이로 아래를 내려다봤다.

아래층 출입구를 통해 통로 바닥이 보였다. 어두운 가운데 희미하게 빛이 비치는 게 보였다.

분명 아래층에는 연구실이 줄지어 있고 상주 직원이 없는 지금은 거의 사용되지 않을 텐데. 나랑 토리코는 딱 두 번 가본 적이 있다. 처음에는 코토리바코 일로 우루마 사츠키의 연구실을 조사하러 갔을 때. 그 다음은 우루미 루나가 습격했을 때였다.

……여자라고?

안 좋은 예감에 천천히 고개를 들다 옆에 있던 토리코와 눈이 마주쳤다. 그 얼굴을 보니 같은 생각을 하고 있는 듯했다.

우린 그 자리에 가방을 내려놓고 마카로프를 꺼냈다. 총알을 확인한 후 마음먹고 계단으로 향했다. 층계참까지 와서 뒤를 돌아보니 카스미는 그 자리에서 움직이지 않고 웅크린 채 우리를 내려다보고 있었다.

"거기 있어."

이제 와서 좀 늦긴 했지만 작은 목소리로 난 말했다. 카스미는 아무런 대답도 없었다. 알아들었는지 궁금해 하는 사이에 이번엔 토리코가 말했다.

"아저씨 불러와."

"아저씨가 누구야?"

"미기와 아저씨."

"아아."

카스미는 고개를 갸웃거렸지만 역시 움직이지 않았다.

"뭐…… 얌전히 있어 준다면 그걸로 됐어. 상태를 좀 지켜보다 사람이 필요할 것 같으면 전화하자."

"알았어."

실제로 이세계와 얽힌 일이라면 미기와보단 우리가 「전문가」
였다. 처음엔 사정을 모르는 아카리가 언급한, 초점을 벗어난
형용사였는데 사실이 따라오면서 완전히 정착되고 말았다.

우린 계단을 내려가 어두운 복도를 훑어보았다. 복도 중간에
딱 하나의 문이 반쯤 열려 있었고 안에서 새어나오는 빛이 부채
꼴 모양으로 바닥을 도려내고 있었다.

"있잖아, 저긴."

"사츠키 방이야."

토리코가 딱딱한 목소리로 말했다. 역시 그런가…….

우린 신중하게 복도를 걸었다. 걸어가는 도중 벽에 전기 스위
치가 없는지 찾아보았지만 보이지 않았고 마지막까지 어둠 속을
걸어가게 되었다.

출입구에 다다라 조심조심 들여다보았다. 보이는 범위에 이상
은 없었다. 그저 불이 켜져 있을 뿐이었다. 토리코와 눈짓을 하
고 방 안으로 들어갔다.

아무도 없었다. 우루마 사츠키의 연구실은 처음 왔을 때 그대
로였다. 천정이 높은 방, 창문은 없고 스틸 책장에 큰 책상이 에
워싸고 있었다. 벽에 걸린 보드에 붙은 지도나 스크랩, 포스트
잇, 작게 써넣은 글씨……. 우루미 루나도 이 방은 훼손하지 않
았다. 그 이후에도 손을 대는 사람이 없었던 것인지 여기저기
먼지가 살짝 쌓여 있었다. 그걸 제외하면 이전의 기억과 조금도
다르지 않은 상태였다.

……응?

미묘한 위화감에 난 문득 눈살을 찌푸렸다.

뭔가 이상한 느낌이 들어. 아무것도 변하지 않았을 텐데…….

마카로프를 한손에 들고 우린 방 안을 구석구석 점검했다. 오른쪽 눈의 시야에는 수상한 게 포착되지 않았다. 지나친 생각인가 하고 의심했지만 아니, 그럴 리가 없었다. 일부러 이 방에만 불이 켜져 있었고 게다가 카스미가 무언가를── **여자를** 봤다. 지금 이 상황에서 그런 까닭이 있을 법한 착각을 한다는 게 말이 되지 않았다.

분명 뭔가 있을 것이다. 우리를 여기로 불러들인 누군가의 의도가…….

책상 뒤로 돌아 들어가 방을 한 번 더 둘러보았다. 천장…… 벽…… 책장…… 바닥……, ……책상 위.

시선을 떨궜을 때 그게 눈에 들어왔다.

책상 위에 놓인 B5 사이즈의 두꺼운 노트.

검은 가죽 표지로 덮여 있는 그건──

──우루마 사츠키의 노트!

위화감의 정체를 알았다. 이전에 왔을 때와 전혀 **다르지 않다**는 것, 그것 자체가 이상했다. 이 노트는 우루미 루나에게 빼앗겼고 우루마 사츠키와 함께 사라졌다. 여기 있을 리가 없어!

책상 상판 주변에 쌓여있던 과학 잡지나 필기도구도 먼지로 살짝 하얘졌는데 노트만이 아주 새까맸다. 마치 방금 거기 놓아둔 것처럼.

"토리코, 이거──!"

고개를 들자 토리코는 정면 벽 쪽에서 깜짝 놀란 표정을 한 채 얼어붙어 있었다. 왼손을 부자연스럽게 약간 옆으로 뻗은 상태였다.

"소라오."

떨리는 목소리로 토리코가 말했다.

"내 옆에 누가 보여?"

예삿일이 아닌 모습에 놀라 서둘러 오른쪽 눈에 의식을 집중시켰다.

아무도 없었다. 토리코 한 명뿐이었다.

"없어."

"있어."

토리코는 절레절레 고개를 가로 저었다.

"손을 잡고 있어."

"뭐?!"

몇 번을 봐도 토리코 옆에는 아무도 없었다. 하지만 토리코는 확실하게 공포에 질려 있었다. 드러난 왼손은 웬일인지 손가락과 손가락 사이가 벌어져 어중간한 갈고리 같은 형태를 하고 있었다. 안 보이는 누군가가 손을 겹쳐서 손가락을 휘감고 있다면 딱 그런 느낌이겠지——.

"이 손, 아아, 거짓말, 이 손, 알아."

신음하듯 토리코가 말했다.

"사츠키 **손이야.**"

그 한 마디에 깜짝 놀라 정신을 차렸다. 책상을 돌아 토리코에게로 달려갔다.

"토리코!"

"소라오, 어쩌지? 어떻게 해야 해?"

비틀거리는 토리코를 난 붙잡았다. 그 얼굴은 핏기가 가셔 창백했다.

"있어? 거기 우루마 사츠키가 있어?!"

"있어! 틀림없어, 이 느낌, 분명 사츠키야, 하지만——."

비명을 지르는 듯한 목소리로 토리코가 말했다.

"손이—— **차가워**!"

토리코 옆의 공간을 난 구멍이 뚫릴 정도로 응시했다. 소용없어, 안 보여. 아무리 오른쪽 눈에 의식을 집중시켜도 아무것도 나타나지 않았다.

아무것도 없는 공간에 총을 겨누고 주저했다. 쏴도 될까? 쏜다고 해서 맞을까? 토리코만이 만질 수 있고 나에겐 인식되지 않았다. 이런 패턴은 처음이었다. 반대로 내 눈으로는 보이는데 토리코가 만질 수 없었던 적은 있었던가? 없었던 것 같다.

쏘기 전에 이 장소를 손으로 휘둘러봤다. 아무런 저항도 없이 그냥 지나쳤다. 그렇다면…… 안 돼. 손도 총도 같은 물리, 내가 쏴도 안 맞겠지.

"토리코! 상대의 손을 잡고 있지?"

"잡혔어! 뿌리칠 수가 없어!"

"쏴!"

"뭐?!"

"내가 쏘면 효과가 없지만 토리코라면 맞을 거야!"

"그건——."

주저하는 토리코의 몸이 힘이 들어간 손에 이끌리듯 갑자기 앞으로 폭 꼬꾸라졌다. 지탱하고 있던 나와 함께 하마터면 넘어질 뻔했다. 어떻게든 버틴 난 토리코의 손을 보며 경악했다. 사라지고 있었다. 원래 투명한 왼손이 안 보이는 수면으로 빨려들어가는 것처럼 손끝부터 서서히 공기에 녹아내리고 있었다.

토리코가 끌려가고 있어——!

공포에 사로잡혀 난 외쳤다.

"쏴—— 빨리 쏴!!"

토리코의 총이 위로 들렸고 방아쇠 위에 놓인 집게손가락이 주저했다.

빨리! 빨리 쏴!

나의 초조함과는 모순되게 토리코의 손가락은 멈추고 말았다. 마지막의 마지막까지 쏘는 걸 주저했다. 난 순간적으로 총을 든 손에 내 오른손을 겹쳤다. 깜짝 놀라 숨을 삼킨 후 토리코가 날 돌아보았다. 난 고개를 끄덕이며 겹친 손 위에서부터 힘을 실었다. 굳어있던 집게손가락이 손 밑에서 힘이 풀리며—— 움직였다.

총성이 터져 나왔다.

"앗……!"

이끌던 손을 갑자기 놓은 것처럼 토리코가 균형을 잃고 뒤로 쓰러졌다. 이번에야말로 나도 끌려가서 둘 다 엉덩방아를 찧었다.

총성의 잔향과 눈에 강렬하게 새겨진 총구 불꽃. 올라가 있던 토리코의 왼손은 손톱 끝까지 다 있었다. 그 사실에 안도는 했지만 지금까지 없었던 공격에 둘 다 잠시 동안 멍하니 주저앉아 있었다. 총성을 들은 미기와(와 덤으로 카스미)가 달려왔을 때도 우린 아직 그대로였다.

7

　"사츠키의 노트가 돌아왔다고……?"

　코자쿠라가 안색을 바꾸고 의자에서 일어났다.

　내가 조용히 노트를 보여주자 코자쿠라는 얼굴을 가까이대고 아무 말도 없이 한동안 검은 가죽 표지를 응시했다.

　"……왜?"

　코자쿠라가 슬금슬금 뒷걸음질 쳐서 의자에 털썩 주저앉았다.

　"우루마 사츠키가 DS연구소에 와서 두고 갔을 거예요…… 아마."

　"봤어?"

　"전 못 봤어요. 그보다 안 보였어요. 하지만——."

　뒤를 돌아보자 토리코가 새파래진 얼굴로 끄덕였다.

　"손을 잡고 있었어. 틀림없이 사츠키였어."

　"진짜야……?"

　의자 위에서 책상다리를 고치며 코자쿠라가 신음했다.

　"그대로 붙잡혀서 잘못했으면 토리코가 끌려갈 뻔했어요."

"위험하잖아."

"위험했어요."

"왜 노트를 갖고 왔어?"

"두고 오면 안 될 것 같아서……."

"아니, 모르겠다, 모르겠어, 그런 걸 용케 만지네."

"코자쿠라 씨도 실컷 조사했다고 했잖아요."

내 지적에 코자쿠라는 격하게 고개를 저었다.

"그 사건 이후엔 무리야, 이제 보는 것도 무서워."

"그 사건이라면 우루미 루나 사건이요?"

"그래!"

"일단 물어보겠는데 노트 내용을 보고 싶으세요?"

"안 봐! 아니, 뭐? 또 내용을 봤어, 너희들?"

"아니."

"안 봤어요. 전에 읽었을 땐 코토리바코가 날아왔으니까요."

그때의 전말은 처음엔 입 다물고 있었지만 비밀을 들키면서 두 사람에겐 이야기했다. 자백했다고 하는 게 더 가깝겠지. 내가 낭독한 노트 속 문장은 그 자리에 우루마 사츠키를 불러내는 트리거가 되었다. 뒤에 생각해보면 그건 우루마 사츠키 본인이 아니라 그 이후 날 따라다니게 된 비전의 선구자였던 것 같다. 하지만 실체가 없는 비전이라고 해도 무해한 것과는 좀 멀었다. 마치 수류탄처럼 코토리바코를 던지다니, 흉악함에도 정도가 있지.

"그 노트를 일부러 돌려주러 왔다는 건…… 또 덫인가?"

"그렇게 생각하는 게 보통이겠지."

"지난번엔 입 밖으로 읽은 게 문제였던 것 같지만요."

"그만둬. 속으로 읽는다 해도 무슨 일이 일어날지 모르잖아."

"그렇죠——."

그렇게 말하자 옆에 선 토리코가 무언가를 깨달은 듯 소리를 높였다.

"……아아, 하지만 알게 된 것 같아, 내가."

"무슨 소리야?"

"지난번 사츠키를 부를 때 무슨 짓을 했는지 물었잖아, 루나한테."

"응."

"원래 그 아이는 사츠키를 불러내려고 〈목장〉에서 여러 가질 시험해봤지만 결국 그쪽에는 나타나지 않았지."

"그랬지. 제대로 불러냈다면 뽐내면서 자랑했겠지."

"하지만 떠올려보면 DS연구소 보관창고에 사츠키가 나타났을 때 직전에 뭘 했냐면——."

앗, 하고 난 무심코 손뼉을 쳤다.

"노트야! 노트를 읽었어!"

그랬다. '고마운 여자'—— 우루미 루나의 어머니가 연구실에서 훔친 우루마 사츠키의 노트를 손에 들고 있었던 걸 기억하고 있다.

"응? 하지만 잠깐만. 그 자리에서는 아직 읽지 않았던 것 같은데?"

"그랬나?"

"그야 읽을 수 있을 리가 없는걸, 내 눈이 없다면……. 그래, 기억났어. 이세계로 들어가면 읽을 수 있게 되니까 노트를 빼앗아 이세계로 가서 우루마 사츠키를 소환하려고 했었어."

"그래? 노트를 읽는 게 직접적인 원인이 아닌 건가? 그럼 어떻게 나왔지? 생각해보면 난 그 부분을 잘 모르겠어. 정신을 차려보니 이세계에 있었고 눈앞에 사츠키가 서 있고…… 응? 하지만 그 직전에 사츠키가 나타났다고 했지……?"

이상해하는 토리코에게 난 거북한 마음으로 답했다.

"그건…… 나에게만 보였던 걸 비밀로 해서……."

"아, 그렇지! 그래서인가? 처음에 코자쿠라가 알아차렸지?"

"난 전혀 기억 안 나. 루나의 〈목소리〉에 당한 후 계속 꿈속에 있는 것처럼 몽롱했을 때 갑자기 이세계에 내던져진 충격에 정신을 차렸거든."

나도 그때는 정신적으로 한계였기 때문에 두 사람 시점에서의 증언으로 기억이 되살아났다.

우루마 사츠키 앞으로 토리코가 걸어가서……패닉에 빠졌던 날 코자쿠라가 세게 때렸었다.

──그건 사츠키가 아니야! 빨리 붙잡아, 토리코가 가버려!

"코자쿠라 씨…… 그 자리에서 혼자서만 저건 우루마 사츠키가 아니라고 했죠? 처음 본 루나는 몰라도 토리코도 속았는데. 어떻게 알았어요?"

"속았다고 말하지 마……."

불만스럽게 말하는 토리코. 코자쿠라가 쓴웃음을 지었다.

"내가 아는 사츠키가 아니었던 것뿐이야."

"그건 무슨 의미로⋯⋯?"

"사츠키는 사람을 사람으로 생각하지 않는 녀석이긴 했지만 바로 그 당사자는 그런 여러 가지 결점을 포함한 **인간**이었어. 하지만 거기에 등장한 건 껍데기는 사츠키였지만 다른 존재였어. 내가 옆에서 보고 있었던 사람이 전혀 아니었어⋯⋯ 빈 껍질이었어. 그런 건 한눈에 알 수 있지."

"난⋯⋯ 몰랐어."

토리코가 기운 없는 목소리로 말했다. 코자쿠라가 코웃음을 쳤다.

"무리도 아니지. 넌 어린애였으니까."

"그런 말투는 좀──."

"우상을 숭배했기 때문에 우상에게 속았던 거야. 그런 의미로는 너도 루나도 그리 다르지 않아."

거리낌 없는 냉정한 말투에 난 기가 죽었다.

입술을 깨무는 토리코를 향해 도발하듯 코자쿠라가 말했다.

"지금은 어때? 괜찮을 것 같아?"

코자쿠라를 찌릿 매섭게 노려보며 토리코가 답했다.

"이제 더는 안 그래."

"그랬으면 좋겠네. 우상을 좋아하는 녀석은 최초의 우상이 망가지면 바로 새로운 우상으로 갈아타지⋯⋯ 그렇게 계속 정신 못 차리는 녀석이 많아. 너희를 보면 그런 점에서 위태로우니까 두 사람 다 조심해——."

격의 없이 설교로 이어졌을 때 타이밍 좋게 전화 벨소리가 울렸다.

"전화 왔어요."

"보면 알아……미기와네."

코자쿠라가 스마트폰 화면을 확인하고 말했다.

"여보세요? 그래, 안녕. 응. 그래, 그래. 뭐? 와있는데. 응. 들었다니 뭘? 노트라면—— 그래, 우루미 루나의. 들었어, 들었어. 갱생 계획이 있다며? 힘들겠네. 아니, 하하하. 아니, 아니. 왜, 이쪽은 이쪽대로, 카스미 일을 구체적으로……. 뭐? 응? 뭐야? 응? 무슨 말이야?"

코자쿠라가 전화에 귀를 기울이며 우리에게 질문하는 듯한 눈길을 보냈다. 뭐지? 짐작 가는 게 없어서 고개를 가로젓자 코자쿠라는 웬일인지 얼굴을 찡그리며 PC 화면으로 눈을 돌렸다.

"통화……? 비디오로? 뭐? 진짜 괜찮아? 협력적, 으음, 그건 상관없지만, 시기상조 아니야? 화면 너머로도 위험하잖아. ……뭐, 확실히. 그건 그렇지. 마침 둘 다 함께 있으니까. 타이밍이 좋다면 좋다고 할 수 있지만. 그래도~. 아니, 뭐, 됐어, 됐어. 알았어. 어쩔 수 없지. 이쪽 접속 주소는 알아? 아, 그래. 알았어, 기다릴게. 그래."

전화를 끊고 코자쿠라가 한숨을 내쉬었다.

"왜요?"

"지금부터 화상 회의를 하고 싶대."

"미기와 씨가요?"

"아니⋯⋯."

PC에서 알림음이 울렸고 멀티디스플레이 중 하나의 화면 끝부분에 화상 회의로의 초대 다이얼로그가 등장했다.

"아, 그럼 우린 나갈까요?"

"무슨 소리야. 너희가 없으면 시작할 수가 없는걸."

코자쿠라가 초조한 듯 말하며 초대 버튼을 클릭했다. 회의 툴이 열리고 화면에 비친 건──.

"아! 나왔다. 나왔다!"

신나서 소리를 지른 건 우루미 루나였다. 입 끝에서 뺨을 횡단하는 상처 흔적 때문에 귀까지 찢어진 입을 가진 여자가 만면의 미소를 띠고 있는 것처럼 보였다.

"코자쿠라 씨~, 오랜만이에요~~♡"

전율과 낙담이 뒤섞인 복잡한 표정으로 코자쿠라가 우리를 돌아보았다.

"야, 이거 정말 괜찮아? 꼼꼼하게 봐줘."

"보, 보고 있어요, 보고 있어요."

"토리코도."

"오케이."

나랑 토리코가 코자쿠라가 앉은 의자를 사이에 두고 화면에 등장하자 루나가 카메라를 향해 양손을 흔들어보였다.

"얏호, 카미코시 씨, 니시나 씨. 들려요?"

얏호는 무슨.

"응? 무음 상태인가? 여보세요."

"들려."

떨떠름하게 코자쿠라가 답했다.

"아, 다행이네요. 와아――, 이렇게 컴퓨터를 향해 말하는 건 오랜만인데! 방송하는 기분이 드네요."

사교집단 우두머리로서 많은 이들의 인생을 엉망으로 만든 인간이 들뜬 어조로 그런 말을 내뱉어 나도 역시 짜증이 났다.

"저기, 본인의 입장이 어떤지는 알아?"

"뭐야, 카미코시 씨, 화났어요?"

"협력하면 지금의 대우를 개선할 수 있을 거라 말했던 건 일만 끝내면 된다는 이야기가 아니었어. 네가 밖으로 나가도 되는 인간이 아니라는 생각이 들면 이 이야기는 없었던 일이 될 거야."

"꼭 생활지도 선생님처럼 말하네요."

"……."

"알아요. 그렇게 무서운 얼굴 하지 마세요. 그보다 뭐, 제가 할 일은 제대로 할게요. 일단 얼마 전 이야기로 설득 당했으니까."

정말일까, 토리코가 거의 들리지 않게 중얼거렸다. 나도 의심스러운 마음이 컸다. 위험한 도박을 하고 있다는 건 알고 있었다. 사전에 몇 번이나 의논했고 장기적으로는 이렇게 하는 것 말곤 방법이 없을 거라는 결론은 내렸지만 막상 일이 시작되자 불안해졌다. 지금 하려는 일은 맹독을 가진 동물 우리를 열어주는 것과 마찬가지였다. 지금은 온라인으로 연결돼 있고 나랑 토리코가 지켜보고 있으니 〈목소리〉을 사용한다고 해도 영향은 최소한으로 막을 수 있겠지만…….

"아, 맞다. 얼마 전에 했던 말. 제대로 써뒀어요. 미기와 씨가 보낼 거예요."

"응……? 무슨 이야기를 했었지?"

"네에——?! 남에게 부탁해놓고 너무하는 거 아니에요? 사츠키 님을 소환하기 위해 어떤 방법을 썼는지 물어봤잖아요."

"……아아."

"나중에 또 물어보겠다고 해서 열심히 떠올렸다고요. 역시 전부는 아니지만. 내가 모르는 곳에서 작업했던 방도 많았고. 하지만 기억에 나는 건 전부 써뒀어요. 대단하지 않아요?"

"대단하다, 대단해."

"너무 대충 맞장구치면 삐질 거예요, 나."

루나의 실없는 소리에 대충 맞장구치면서 스마트폰으로 메일을 체크했다. 정말이네—— 미기와로부터 파일이 도착해있었다. 열어보니 루나의 사교 집단이 〈목장〉에서 실시한 리폼과 모티브로 한 괴담이나 사건사고가 쭉 나열되어 있었다.

「욕실에서 고독사한 사고 건물. 물이 없어질 때까지 끓여보다」「묘비를 매일 밟았던 집」「가족 누구도 모르는 아이?가 있었던 것 같다」「어긋난 천장 판자??? 까먹었어요」「벽장 안에 얼굴」「산속 목장 화장실」「지하의 둥근 구멍」 등등…….

대부분의 기록은 애매했고 공백 부분도 많아 확실하게 말하면 리스트로서는 허술했다. 반대로 그 서툰 부분에 아이가 그린 유령의 그림 같은 소박한 불길함이 감돌고 있었다.

"어때요? 잘 썼죠?"

루나는 서툴렀다는 걸 자각하지 못하는 듯 득의양양한 얼굴을 하고 있었다. 난 뭔가 갑자기 괴로워지고 말았다. 빌어먹을 이 건방지고 성격 나쁜 전직 사교 집단 교주는 아직 고등학생이었어…….

"저기, 카미코시 씨."

"아, 응. 고마워. 참고할게."

루나가 의외라는 듯한 표정을 지었다. 토리코와 코자쿠라도 눈살을 찌푸리며 날 바라보았다.

"카미코시 씨, 어디 아프세요?"

"아니, 아닌데."

"그럼 다행이지만……. 감사인사를 받을 거라곤 생각 못했어요."

"시끄럽긴. 네가 제대로 해주면 이쪽도 그 나름대로 대할 거야."

동요를 없애려다가 시비조로 말을 건네고 말았다. 또다시 언쟁이 일어나기 전에 말을 돌려야겠다는 생각에 난 말을 이었다.

"루나, DS연구소를 습격한 후, 노트를 어떻게 했는지 기억해?"

"사츠키 님의 노트 말인가요? 몰라요. 거기서 기절하고 그 이후 못 봤어요."

"돌아왔어."

"네?"

노트를 카메라에 보이도록 들어 올리자 루나가 놀라 입을 떡 벌렸다.

"어째서요?"

"나도 몰라."

우루마 사츠키가 두고 갔다고밖에 생각할 수 없다고──말하면 또 이야기가 꼬일 것 같아서 답하지 않고 얼버무렸다.

"저에게 주세요, 그거."

"뭐? 왜?"

"사츠키 님의 성유물이잖아요. 필요 없죠? 카미코시 씨에겐."

"아직도 그런 소릴 해?"

"아직이라니, 뭐예요? 난 계속──."

난 한숨을 쉬며 말했다.

"루나, 기억 안 나? 그 노트를 읽고 네 어머니에게 무슨 일이 일어났는지."

화면 속에서 루나가 입을 다물었다. 도중에 관두지 않고 난 말을 이었다.

"어머니는 이세계에서 노트를 읽었기 때문에 당한 거야, 그 녀석에게."

"그건 그 바보 같은 여자가 멋대로."

"널 구하려고 읽은 거잖아! 너의 '사츠키 님'에게서 딸을 빼내려고!"

정신을 차리고 보니 난 호통치고 있었다. 루나는 카메라에서 눈을 떼고 고개를 숙이고 있었다.

"……아니, 미안. 시끄럽게 할 생각은──."

"뭘 다 안다는 거예요?"

루나가 떨리는 목소리로 말하며 고개를 홱 들었다.

"뭘 알아요, 카미코시 씨가! 남의 집안 사정에 참견하지 말아주실래요?! 날 지키려고 했다니, 핫, 죽기 직전에서야 좋은 엄마 코스프레 해 봤자 이미 늦었다고요! 종교광, 가난, 아빠의 일까지 전부 다 탕감된다고 생각했다면 큰 착각이에요!"

루나의 눈은 분노로 번쩍이고 있었다. 이 녀석이 이만큼 감정을 드러낸 건 처음 봤다.

"아아──, 정말 짜증 나! 엄마도! 사츠키 님도! 카미코시 씨도!! 전부 다 죽었으면 좋겠어!!"

난 코자쿠라를 향해 말했다.

"음소거 가능할까요?"

"응? 으응……."

코자쿠라가 마우스를 클릭하자 루나의 욕설이 도중에 끊겼다. 방이 갑자기 조용해졌다.

루나는 바로 알아차리고 외치던 걸 그만둔 듯했다. 음소거가 해제되자 루나는 진지한 얼굴로 말했다.

"믿을 수가 없어."

"시끄러웠으니까."

"말도 안 돼. 사람의 마음을 갖고 있긴 한가요?"

너에겐 그런 말 듣고 싶지 않다고 되받아치려는데 옆에서 토리코가 먼저 소리를 높였다.

"갖고 있어."

"네? 아, 네. 그런가요?"

낙담한 듯 한숨을 내쉰 후 루나가 말했다.

"됐어요, 이제. 지치네요. 얼른 끝내시죠. 내가 뭘 하면 되나요?"

"얼마 전에 말한 대로 우루마 사츠키의 장례식에 와줬으면 좋겠어. DS연구소로 데리러 갈 테니까 같이 이세계로 가자."

"그 이세계라는 건 블루 월드를 말하는 거죠?"

그러고 보니 루나는 그런 이름으로 불렀었지?

"응. 지난번 우루마 사츠키가 나타났을 때, 그 부근 일대가 풀밭이었지? 그게 거기야."

루나의 얼굴이 살짝 험악해졌다.

"역시 그게 그런 건가요……?"

"왜?"

"아뇨. 이미지랑 좀 다르다고 생각한 것뿐이에요."

이제 와서 좀 늦은 것 같다고 생각하며 난 하마터면 웃음을 터트릴 뻔했다. 블루 월드라는 곳에 어떤 망상을 품고 있었을까. 조용하고 아름답고 푸른 세계? 그런 곳이었겠지. 내가 알바 아니지만 본인들이 저지른 짓과의 갭에 아무런 생각도 안 들었을까.

멋대로 품고 있던 이상을 배신당하고, 실제로 대면한 우루마 사츠키는 상대조차 안 해주고, 그 결과 어머니가 눈앞에서 살해당하고 본인도……. 이렇게 나열해보니 루나에겐 이세계에 들어간 후 좋은 일 따위 하나도 없었다는 사실을 깨달았다. 그건 좀 —— 아주 조금이지만 가엾기도 했다.

"거기 가서…… 그 이후 어떻게 할 건데요? 사츠키 님을 불러 내겠다고 얼마 전에 이야기했죠? 나의 리스트 속 방법을 시험해 볼 건가요?"

동정심을 머릿속에서 쫓아내며 난 답했다.

"아, 응, 그것도 도움이 되겠지만. 노트가 손에 들어왔으니 우선 그쪽을 시험해보려고."

리스트를 만든 루나의 노력을 헛되이 하는 것이 그냥 마음에 걸려서 나도 모르게 말을 얼버무리고 말았다. 그럴 필요 없는데.

"그럼 그때랑 똑같이 할 거예요? 카미코시 씨도 당하는 거 아니에요?"

"읽을 생각은 없어. 너무 위험하거든. 하지만 아마 이 노트를 갖고 이세계에 들어가면 상대가 찾아올 것 같아."

"올 것 같다고요? 근거는 있나요?"

"반대로 우리가 묻고 싶은데……. 팬인 네가 노트를 손에 넣고 싶었던 건 알아. 하지만 그때 왜 노트를 사용하면 소환할 수 있을 거라고 생각했어? 아무리 본인의 소지품이라고 해도 잘 생각해보면 너무 비약적이지 않아?"

"난 근거가 있었어요. 우선 사츠키 님의 연구 노트가 있다는 사실을 코자쿠라 씨에게 들었는데 카미코시 씨가 그걸 읽었더니 코토리바코가 나왔다잖아요. 그걸 듣고 대박, 블루 월드의 존재를 소환할 수 있는 마도서다! 라고 생각했어요. 그럼 그 노트를 손에 넣어서 카미코시 씨 눈으로 조사해보게 하면 사츠키 님을 소환할 주문을 분명 찾을 수 있을 거라고."

"아, 그래……?"

생각보다 막힘없이 대답해서 난 말이 막혔다. 항상 직감과 운에 맡기는 이쪽이 바보 같잖아.

"깡그리 다 말해버렸네……."

〈목소리〉를 썼을 때를 떠올린 것인지 코자쿠라는 괴로운 얼굴로 귀에 손을 가져다댔다.

"하지만 블루월드에 들어가면 노트 글자를 읽을 수 있게 될 거라고 말한 건 엄마였어요. 루나를 위해 계속 여러 가질 조사해왔으니까 그걸 알게 된 것 같아요. 그럼 카미코시 씨가 도와주지 않아도 혼자 읽을 수 있을지도 모른다고 생각했는데…… 엉망진창이 됐죠, 아하하."

루나가 어딘가 얼빠진 미소를 흘렸다.

'고마운 여자'가 가방에 가득 담은 몇 권의 파일을 떠올렸다. 사교 집단 신자의 헛소리라 생각했는데 결과를 보면 무시 못 할 정도까지 이세계에 접근했던 모양이다. 하지만 DS연구소 습격 후에 남겨진 파일을 확인했을 땐 역시 헛소리라고밖에 생각할 수 없었다. 다양한 사람이 다양한 경위로 이세계와 접촉하고 있는 것 같았지만 어떤 사람에겐 유효한 수법이었다 해도 반드시 다른 사람이 유용할 수 있을 거라고 할 순 없으니까.

생각이 주제에서 벗어났다는 사실을 깨닫고 난 이야기 주제를 원래대로 되돌렸다.

"그때는 결국 노트를 읽기 전에 찾아왔지, 우루마 사츠키가. 아마 갖고 있기만 해도 그 녀석과 거리가 가까워질 거야."

"흐——음……? 근거가 좀 약한 것 같지만 카미코시 씨가 그래도 괜찮다고 말한다면 뭐. 사츠키 님과 못 만난다고 해도 밖으로 나와 산책은 할 수 있으니까요."

반신반의한 느낌의 루나에게 난 고개를 저었다.

"만날 수 있어. 안 올 리가 없어."

"자신감이 넘치네요. 알겠어요. 그럼 나갈 수 있게 준비해두면 돼요? 언제 하실 건데요?"

"내일이나 모레 그때쯤."

"꽤 급하네요. 알겠습니다. 지금 들어둬야 할 말이 따로 또 있나요?"

"무슨 일이 있으면 나중에 연락할게. 그쪽에서 무슨 일이 생기면 미기와에게 말하고."

"뭐야, 바로 풀어주는 게 아니었어요?"

"금방이잖아. 하루 이틀 정도는 참아."

"쳇, 라면 먹으러 가고 싶었는데……. 지금 이건 코자쿠라 씨 집이랑 접속되어 있는 거죠? 여기선 계속 따분하니까 대화 상대가 되어주세요."

"싫어. 애초에 이 통화가 끊어지면 미기와가 회선을 막아버릴걸."

"에이, 싫어요, 끊기 싫어. 모처럼이니까 잡담이라도 나눠요."

"거절할게! 난 바빠."

"에이, 서운해~."

그렇게 말하며 루나는 화면 너머로 살짝 고개를 갸웃거렸다.

"코자쿠라 씨, 화면 너머에선 뭔가 인상이 좀 다르네요."

"아앙?"

"왠지 미묘하게 목소리를 들어본 적 있는 것 같아요. 혹시 코자쿠라 씨도 어디서 방송하고 있어요?"

"안 하거든."

코자쿠라는 힘차게 잘라 말했다.

"그래요? 착각했나?"

"이제 됐지? 끊는다."

"네에. 카미코시 씨도 니시나 씨도 나중에 봐요, 수고──."

방금까지 싸우고 있었다고는 생각할 수 없을 만큼 붙임성 있게 루나가 이쪽으로 손을 흔드는 사이에 접속이 끊어졌다. 방송할 때 버릇이 아직 남아 있는 걸지도 모른다.

교대하듯 미기와가 화면에 비쳤다.

"수고하셨습니다. 이야기는 어떻게 됐습니까? 도중에 꽤 흥분했던 것 같습니다만."

"수고가 많아. 다 듣고 있었던 거 아니야?"

쿠자쿠라가 물었다.

"제가 음성을 들으면 위험하기 때문에 소리를 죽이고 화면만 봤습니다."

"아, 그건 그런가?"

"자동 자막은 시험해봤는데 역시 쓸모가 없었습니다."

"일본어 인식은 전혀 엉망이니까."

코자쿠라가 웃으며 말하고는 나에게로 시선을 옮겼다.

"계획을 세우는 건 소라오니까 이야기는 맡길게."

"어떻습니까? 카미코시 씨."

"아, 네. 겉으로 보기엔 협력할 의사가 있다고 생각해요. 말로는 사츠키 님, 사츠키 님이라고 시끄럽게 굴지만 루나는 루나대로 생각하는 게 있겠죠……. 도중에 꽤 크게 화를 내서 감정을 제어할 수 없었는데 〈목소리〉는 나오지 않았습니다. 좀 의외였어요."

"도리어 평가가 어렵네요. 정말 계속해서 갱생하고 있는 게 아니라면 심하게 자제하면서 적대적인 의도를 숨기고 있을지도 모릅니다."

미기와의 걱정은 타당했지만 오른쪽 눈을 사용한 나의 감각은 좀 달랐다.

"그 〈목소리〉를 그렇게까지 완벽하게 컨트롤할 수 없는 것 같아요. 전에 카스미에게 이끌려 셋이 갑자기 병실에 들어갔을 때가 있었는데 그때 입에서 〈목소리〉가 한순간 언뜻 흘러나왔어요. 깜짝 놀라 반사적으로 나온 것 같은 느낌이었죠.

그러니까 감정적으로 흥분했다면 나왔다 해도 이상하지 않은데 내보내지 않았어요. 내가 미웠다면 숨길 수 없을 정도로 〈목소리〉가 흘러나와서 분명 보였을 거예요."

"알겠습니다. 카미코시 씨의 판단에 따르겠습니다."

코자쿠라가 의심스럽게 얼굴을 찡그렸다.

"정말 잘 될까? 루나도 그랬지만 노트를 갖고 이세계로 가기만 해도 사츠키가 나온다는 건 소라오의 추측에 지나지 않잖아?"

"올 거예요, 분명."

"어떻게 그렇게 단언할 수 있어?"

토리코도 이상하다는 듯 물었다.

"아니, 일부러 노트를 두고 갔잖아. 우리가 DS연구소를 찾아왔을 때를 노려서!"

우루마 사츠키에 대한 조바심에 무심코 목소리가 커졌다.

"당연히 의도가 있겠지! 이런 건 도전장이라고! 일부러 내 앞에 나타나 도발하고, 모습도 보여주지 않고 토리코를 빼앗아가려고 하고……. 정말 화가 치밀어, 나는."

"개인적인 원한에 의해 싸우는 거 아냐? 괜찮겠어?"

"개인적인 원한이든 뭐든 가만히 있으면 무시당하고 좀 더 위험해지는 타입의 싸움이라고요. 이 이상 그 여자에게 주도권을 뺏기고 싶지 않아요. 때려눕힐 거예요, 완전히!"

화내는 날 보고 정색하며 코자쿠라가 뒤로 물러났다.

"제령하는 거 아니었어?"

"앗…… 그랬죠."

코자쿠라가 무거운 한숨을 내쉬었다.

"불안하기만 하지만 뭐, 됐어. 소라오가 그렇게 말한다면 승산 있는 싸움이겠지. 참석할게, 나도."

"감사합니다."

코자쿠라에게 인사를 건네면서 난 머릿속으로 계획을 구상했다.

우루마 사츠키의 장례식 계획을——.

이세계 피크닉
Otherside Picnic 7
달의 장송

달의 장송

「요부코도리는 봄철의 새다」라고만 말하고 있을 뿐, 어떠한 새라는 말이 분명히 적혀 있는 책은 없다. 어떤 진언서 속엔 요부코도리가 울 때 초혼제를 행한다고 적힌 곳이 있는데 그것은 티티새라는 새를 이르는 말이다.

『츠레즈레구사』210단

타메이케산노역에서 내려 지상으로 나왔을 때 앞에서 코자쿠라가 걸어가고 있는 모습을 발견했다.

토리코가 쫓아가 말을 걸자 코자쿠라가 돌아보았다.

상복 차림이었다. 검은 원피스에 스타킹, 옷깃이 없는 재킷. 가슴 부근에 검은 꽃 모양의 리본 장식이 달려 있었다. 신발은 심플한 검은색 펌프스였다. 우릴 보고 코자쿠라가 눈살을 찌푸렸다.

"그 차림은 뭐야?"

"상복이 없어서……."

장례식을 치르겠다는 말을 꺼낸 이상 어쩌면 그럴싸한 복장을 갖추는 게 좋을 것 같다고 생각이 미친 게 어젯밤. 솔직히 우루마 사츠키를 영원히 매장하기 위한 방편으로밖에 생각 안 했기 때문에 형식적인 부분까진 생각이 미치지 않았다. 예복은 없고 빌리는 것도 시간이 안 맞을 것 같고 귀찮아져서 평소 입던 탐험 장비를 갖춰 입고 오고 말았다.

코자쿠라는 어이없다는 듯 한숨을 내쉬었다.

"그럴 것 같았어. 검은 완장도 안 찬 것 같고."

"일단 밝은 색이나 위장색은 피하고 검은 파카는 입고 왔어요."

"그런 문제가 아니야."

"나도 이러면 안 되려나?"

토리코가 자신의 옷을 내려다보며 말했다. 이쪽은 나 이상으로 평소 그대로였다. 토리코는 옷도 많고 탐험 장비도 이따금 교체하지만 그 중에서 비교적 어두운 색이었다.

"넌 예복 정도는 갖고 있을 줄 알았어."

"캐나다에선 장례식 드레스 코드가 그렇게 엄격하지 않으니까."

"불리해지면 캐나다 사람인 척하고."

이야기를 나누는 사이에 금방 DS연구소 건물에 도착했다. 그 대로 차량용 비탈길을 걸어 내려갔다. 이 건물엔 정면 입구로 들어간 적이 한 번도 없었다.

주차장 안쪽으로 걸어가 엘리베이터 앞에서 미기와에게 전화 를 걸었다.

"도착했습니다. 코자쿠라 씨와도 합류해서 3명이 함께 있어요."

"오시느라 수고하셨습니다. 지금 내려가겠습니다."

전화를 끊은 나에게 토리코가 물었다.

"올라오래?"

"기다리면 될 것 같아."

5분 정도 지난 후 엘리베이터가 도착했다. 열린 문으로 나온 건 미기와에게 끌려나온 우루미 루나였다.

루나는 처음 만났을 때처럼 세일러복과 카디건에 밝은 색 코 트를 걸치고 있었다. 오른쪽 어깨에 작은 배낭을 메고 있었다. DS연구소에 감금된 이후에는 계속 유카타 같은 병원복 차림이 었으니까 제대로 된 옷을 입고 있는 모습은 오랜만이었다. 하지 만 제대로 된 건 의상뿐. 얼굴 아래쪽은 전문적인 검은 가죽 입 마개에 가려져 있었다.

"출소 축하해."

농담을 건넸더니 기분 나쁜 듯한 시선을 보냈다.

"으읍——."

"어쩔 수 없잖아, 역시 이쪽 세계에서 너의 입을 자유롭게 놔두는 건 위험하니까."

"으읍——!"

"얌전히 있으면 나중에 벗겨줄게."

"으읍——."

"소라오, 무슨 말하는지 알겠어?"

"아니, 대충 답하는 거야."

"으읍~~!!"

"장난치지 말고 진지하게 행동해."

루나뿐만 아니라 코자쿠라가 화를 내고 말았다.

"장례식을 치르겠다고 한 건 소라오잖아. 사츠키를 제령하고 진입하려면 의식의 틀이 필요하다는 이야기에 납득했기 때문에 여기까지 온 거야. 말장난이나 하려면 난 갈 거야!"

"아, 네……!"

진짜로 혼나서 역시 좀 겸연쩍었다. 토리코에게로 시선을 돌리자 이쪽에서도 비난하는 듯한 시선이 돌아왔다.

"소라오, 그런 식으로 우쭐하는 건 안 좋은 버릇이야. 말 못하는 상대를 놀리는 것도."

"윽…… 미안."

"내가 아니라 저쪽에 사과하지 그래?"

떠밀린 나는 어쩔 수 없이 루나에게로 돌아섰다.

"미안."

"으읍."

어쩔 수 없지…… 라는 눈으로 루나가 답했다. 억울해.

그렇다 하더라도 화내는 게 지당하긴 했다. 앞으로 장례식에 갈 4명 중 날 제외한 3명 모두 우루마 사츠키에 대한 마음이 큰 여자들이었다. 한 명만 실실거리면 그야 평판이 나빠지겠지. 나에게는 성가신 적일 뿐이지만…….

나빠진 분위기는 모른 척한 채 미기와가 나에게 작은 열쇠를 건넸다.

"입마개 열쇠를 드리겠습니다. 우루미 씨의 다른 소지품은 가방 안에 있습니다."

"소지품이라면 따로 뭐가 있나요?"

"〈목장〉에서 회수한 지갑과 학생증, 그리고 갈아입을 옷과 생활용품 정도입니다. 간호사에게 맡겨놨기 때문에 저도 자세히는 못 들었습니다만."

요컨대 일단 외출할 때 필요한 걸 갖고 왔다는 뜻이었다.

"알겠습니다. 그럼…… 다녀오겠습니다."

"여러분, 조심하십시오."

미기와가 정중하게 인사를 건넸다.

"토리코, 부탁해."

"오케이."

토리코가 장갑을 벗고 살짝 떨어진 곳으로 걸음을 옮겼다. 바딕 중간쯤 위치에 3미터 정도의 흰 선이 그어져 있었고 게이트 위치를 나타내고 있었다.

몇 번이나 해왔기 때문에 토리코도 익숙했다. 공중에 손을 들고 두꺼운 커튼을 열어젖히듯이 옆으로 걸었다. 공간이 일그러지고 가장자리가 은색 인광으로 빛나는 게이트가 열렸다.

"가자."

난 앞장서서 게이트를 빠져나갔다. 그 너머엔 50킬로나 떨어진 〈목장〉 지하실── 게이트로 변한 거대한 철제 원형이 설치된 덩그런 콘크리트 공간이 자리하고 있었다. 먼지 냄새가 코를 찔렀다. 기온이 좀 내려갔다는 게 피부로 느껴졌다. 들어가는 순간은 깜깜했지만 〈둥근 구멍〉 곁에 놓인 동작감지 센서가 날 감지하고 불이 켜졌다. 공사현장용 라이트로 범위는 좁았지만 빛은 강해 무심코 직시하면 굉장히 눈부셨다.

주변 상황을 살펴본 후 게이트 쪽으로 돌아섰다.

"오케이. 오세요."

조심조심 게이트를 빠져나오는 코자쿠라와 태연한 태도의 루나가 뒤를 이었다. 마지막에 토리코가 본인도 〈둥근 구멍〉을 건너뛰면서 왼손을 놓자 찢어졌던 공간이 원래대로 닫혔다.

"여기야……?"

코자쿠라가 불쾌한 듯 중얼거렸다. 루나에게 호되게 당한 장소니까 안 좋은 기억밖에 없겠지.

"응! 응!"

루나가 턱을 치켜 올리며 어필했다. 입마개를 벗겨달라고 말하고 싶은 듯했다.

"이세계로 들어간 후 벗겨줄 테니까 좀 참아."

"으읍~!"

분노의 신음소리를 내며 루나가 가방을 열자 병실에서 사용하던 화이트보드가 나왔다.

〈〈벗겨주세요. 이제 와서 날뛰지 않을 테니까〉〉

"왜? 여기서 뭐 하고 싶은 말이라도 있어?"

"으읍!"

난 다른 두 사람과 얼굴을 마주했다. 두 사람 모두 눈살을 찌푸리며 말이 아닌 행동으로 불안을 표명했다.

"그 보드로 전할 수 있는 말이라면 써."

"으으으읍."

루나가 발끈하며 마커로 휘갈겨 썼다.

〈〈저건 뭐예요?〉〉

"저거?"

루나가 가리킨 곳을 돌아보니 뒤쪽 벽에 공사용 기계와 자재가 대량으로 쌓여 있었다.

"아아. 너희 사교집단에서 여기로 차가 들어올 수 있게 건물 뒤쪽을 팠잖아. 그 공사에 이어서 지상에 나갈 수 있게 해놓으려고."

〈〈왜요?〉〉

"여길 사용할 때 차가 들어올 수 있으면 여러 가지로 편리할 것 같아서. 모처럼 DS연구소 주차장이랑도 직결되고."

《〈사용한다니요, 뭐에?〉》

"뭐냐니. 너희가 만들어준 게이트가 잔뜩 있으니까……."

그렇게 설명하다 애초에 루나에겐 전제를 공유하지 않았다는 사실을 깨달았다.

"맞다. 미안. 미안. 저기, 이 건물 우리가 받았어."

루나가 눈을 깜빡거렸다.

《〈네?〉》

"내가 받았어."

〈무슨 뜻인지 모르겠어요. 난 준 적 없는데〉》

"이제 필요 없잖아. 너에겐."

《〈필요 있는지 없는지의 문제가 아니잖아요, 내 거니까〉》

"루나 게 아니잖아. 누군가에게 준비시켜서 멋대로 사용한 것뿐이면서."

"으읍――."

불만스러운 숨소리를 흘리는 루나에게 난 말했다.

"미기와 씨도 알아봤는데 따로 불평하는 사람도 없었던 것 같고. 그래서 내가 받았어."

루나는 믿을 수 없다는 눈으로 날 바라보며 계속해서 마커를 움직였다.

《〈거짓말이죠?〉》

《〈건물 쓰는 사람이 없다고 빼앗았다는 거예요?〉》

《〈카미코시 씨, 혹시 전국 시대 사람이에요?〉》

"푸흡."

토리코가 얼굴과 어울리지 않는 목소리로 웃음을 터뜨렸다. 어쩐지 이 디스가 웃음스위치가 된 듯 토리코는 낄낄거리며 당분간 움직일 수 없었다.

"뭐가 이상해……?"

"그, 그야 소라오에게 그런 모습이 있으니까…….."

"알아. 근본적으로 야만적인 모습이 있어, 소라오에겐."

"으읍──!"

"코자쿠라 씨…… 야만적이란 말은 그렇게 거리낌 없이 써도 되는 말이 아니에요."

내가 쓴 소리를 하자 코자쿠라가 코웃음을 쳤다.

"소라오가 마치 대학생 같은 말을 하게 돼서 감동했어."

"대학생이거든요, 몇 년간 계속."

"왜 쓰면 안 돼?"

웃음의 파도에서 겨우 벗어난 토리코가 물었다.

"19세기 식민지주의의 반성을 위해."

"19세기의 논리로 움직인다는 소릴 듣고 있다는 건 자각해."

"전국시대보다는 최신이네요."

"으읍──!!"

루나에게 불만이 있어도 상대할 생각은 없었다. 실제로 〈목장〉을 관리할 수 있는 건 나랑 토리코뿐이잖아.

"저기…… 이렇게 위험한 장소, 누구에게도 맡길 수 없잖아. 이웃 건물도 위험하고. 어느 공간이든 게이트 투성인데 그런 곳에 평범한 사람이 들어가면 어떻게 될지 모르니까."

"으──읍?"

"응. 보이지 않았겠지만 그대로면 너도 상처 없이 끝날 수 없었을 거야. DS연구소에서 직접 차로 출입할 수 있게 공사하면 밑에서 이어지는 길은 봉쇄하고 아무도 들어올 수 없게 할 생각이야."

"으읍──."

"그렇게 빌어먹을 만큼 위험한 장소에 우리를 데리고 왔구나……."

코자쿠라가 부르르 몸을 떨며 말했다.

"빨리 끝내자. 여기서 어떻게 해?"

"위쪽 건물에서 게이트를 선택해서 이세계로 들어갈 거예요. 거기서 우루마 사츠키를 소환할 거예요."

"어떻게?"

"거기서부터는 루나의 차례."

"으읍?"

"루나가 불러줄 거예요. '사츠키 님'을."

의아한 표정을 짓는 세 사람에게 난 지금까지 생각해온 계획을 설명했다.

"루나의 〈목소리〉는 어떤 능력인지 계속 이상했어요. 듣기만 해도 사람을 세뇌할 수 있고 확실히 그것만으로 아주 충분할 만큼 강력하지만…… 이세계와 접촉했다고 그렇게 안성맞춤인 능력을 얻을 수 있는 건지."

"부작용이 있다는 뜻이야?"

토리코가 본인의 손을 바라보며 물었다.

"좀 달라. 예를 들어 내 눈은 분명 사람을 미치게 할 수 있지만 그건 덤 같은 거잖아. 이세계의 현상 계층을 투과하고 보다 깊은 부분에 있는 정체 같은 걸 인식할 수 있다는 게 눈의 첫 번째 능력이야. 바라본 상대가 미치는 건 그걸 인간에게 적용했을 때 우연히 일어나는 것뿐이라고 생각해."

"오히려 그쪽이 부작용이라는 뜻이야?"

난 코자쿠라에게 고개를 끄덕이며 답했다.

"네. 정말 현실에 그런 레이어가 있는지 나의 뇌를 덮어씌운 텍스처에 지나지 않는지 그건 모르겠지만요."

"그럼 내 손도——."

"똑같다고 생각해. 어디까지나 이세계의 것을 촉각 경유로 감지할 수 있는 능력으로, 우연히 인간의 몸 안으로도 들어갈 수 있었을 뿐. 반대로 그걸로 뭘 할 수 있는지 잘 모르니 좀 더 탐구해보는 게 좋겠지."

"그, 그래……?"

언뜻 보기에는 내키지 않는 모습으로 토리코는 말을 흐렸다.

"으읍——?"

"응, 그러니까 루나도 똑같을 거야. 나의 추측이 맞는다면 루나는 〈목소리〉를 통해 이세계의 존재를 부를 수 있을 거야."

코자쿠라가 오싹하다는 듯 눈을 크게 떴다.

"위험하잖아……."

"맞아요."

"세뇌만으로도 위험한데 그건…… 좀 더 위험해."

내가 하는 말의 의미를 토리코도 깨달은 듯했다.

"그건 즉, 우리가 이세계 깊은 곳에 가야 접촉할 수 있는 녀석을 갑자기……."

"그래, 게이트로 들어가자마자 이세계의 얕은 장소에서 부를 수 있을지도 몰라."

"너무 위험해……."

《《루나가 부르면 사츠키 님이 온다는 거예요?》》

"적어도 우루마 사츠키의 모습을 한 무언가가 올 가능성이 높아."

루나에게 설명하려고 했을 때 코자쿠라가 초조하다는 듯 끼어들었다.

"아니, 잠깐, 잠깐만. 소라오의 추측이 맞는다면 갑자기 이세계 심층부의 엄청 위험한 녀석이 사츠키의 모습으로 소환된다는 뜻이 되잖아. 너희가 살짝 생각만 해도 발광하는 그런 녀석이……."

"그렇게 될 거예요."

"그런 게 나오면 지난번처럼 되는 거 아냐?! 장례식을 치르기는커녕 모두 엉망진창으로 당해서 죽고 말 거야."

"아무런 대책도 없이 부르면 그렇게 되겠죠."

"……대책이 있어?"

난 고개를 끄덕였다. 그렇지 않았다면 애초에 이런 계획은 실행하지 않았을 것이다.

"불러낸 존재의 모습이 이쪽 인식에 의해 바뀐다면 그걸 역으로 이용할 수 있을 거예요."

"사츠키를 다른 모습으로 바꾸겠다는 뜻이야?"

"응."

"모습은 바뀌어도 내용물은 바뀌지 않잖아. 지난번에도 사츠키의 모습만 했을 뿐 내용물은 괴물이었으니까."

"나도 그렇게 생각해⋯⋯. 어떤 모습으로 바꿀 생각이야? 인형으로?"

"그렇게 하면 평생 인형을 볼 수 없게 될 만큼 무서운 일을 겪게 될지도 몰라."

난 고개를 저으며 말했다.

"아무리 웃긴 모습을 해도 소용없을 거야. 그런 모습을 제압한다고 해도 우리 자신에게 설득력이 없으면 상대의 공기에 압도당하고 끝나겠지. 무서운 존재가 찾아올 거라는 건 이미 어쩔 수 없는 일이야. 그렇다면 무섭기만 할뿐 실질적인 피해가 없는 모습을 찾을 수밖에 없어."

"무섭기만 하고 실질적인 피해는 없는 모습⋯⋯? 그렇게 안성맞춤인 게 있어?"

"있어요. 그런 괴담이."

세 사람을 빙그르르 둘러보며 난 말했다.

"〈소의 목〉이라는 이야기 들어본 적 있어요?"

2

가장 무섭다고 알려진 괴담—— 그게 〈소의 목〉이었다.

누구든 듣기만 해도 진심으로 부들부들 떤다는 무시무시한 이야기.

들으면 며칠 만에 죽는다는 사람도 있고 이야기만 해도 재앙이 일어난다는 사람도 있다.

그 내용은 뭐냐 하면……,

없다.

아무것도 없다.

〈소의 목〉으로서 알려진 이야기는 내용이 없다.

——굉장히 무서운 이야기가 있어. 〈소의 목〉이라는데. 들은 적 있어? 아니, 없어. 그렇게 무서워? 그래. 그건 정말 한 번 들으면 잊을 수 없고 듣지 않았으면 좋았겠다고 후회하고……그것뿐만 아니라 들은 사람에게도 말한 사람에게도 무시무시한 일이 일어난대. 정말 무서운 이야기야——.

그 이상의 이야기는 결코 나오지 않는다.

즉 〈소의 목〉은 그저 무섭다고 **전해질 뿐인** 괴담이었다. 괴담에 관한 괴담, 초괴담이라고 말할 수 있을지도 모른다.

내가 그런 내용을 해설하자 언제든 귀를 막으려고 계속 양손을 준비하고 있던 코자쿠라가 맥이 빠진다는 듯 손을 내리며 말했다.

"……그것뿐이야? 정말 그것뿐?"

"그 이상 덧붙일 게 없으니까 안심하세요."

"괴담이라기보단 짤막한 이야기 같아."

"하지만 말하는 방식에 따라 무서워지는 거 아니야?"

토리코가 그런 말을 해서 난 살짝 기뻤다.

"맞아, 맞아. 그러니까 괴담으로 취급되는 거야. 무섭다, 무섭다, 라고 말하기만 하고 끝나면 허탕을 치는 거니까 허탈감을 느끼겠지만 네가 들은 적도 없는 굉장히 무서운 이야기가 있고 이걸 말하면 그냥 넘어가지 않을 거라고…… 잘 말하면 꽤 오싹해지겠지. 그래서 난 실화 괴담은 아니지만 이 이야기를 꽤 좋아해."

"그래서 그 초괴담을 어떻게 사용할 생각이야?"

차가운 눈으로 날 바라보며 코자쿠라가 물었다.

"아, 네……."

무심코 말하고 말았다. 난 헛기침을 하고 다시 설명을 시작했다.

"우선…… 이세계는 우리가 가진 괴담의 지식을 간파해서 그 문맥에 따른 현상을 출력한 후 공포를 베이스로 한 소통을 시도하고 있다고 가정할게요. 지금까지 이 프로세스는 상대의 일방적인 접촉이었어요. 우루마 사츠키의 모습을 한 현상도 그 일환이며 유효한 방법이라 반복적으로 채용하고 있다고 생각해요."

"유효하다니…… 뭐에 대해 유효하다는 거야?"

토리코가 고개를 갸웃거렸다.

"상대의 판단 기준을 추측하기엔 재료가 너무 부족하지만 굉장히 심플하게 말하면 우리의 반응이 커진다는 게 이유가 아닐까? 무시당하거나 총을 발사하는 것과는 다른 복잡한 반응을 보이잖아. 아바라토 미치코라든가 〈T씨〉라든가, 다양한 방법을 사용해 이쪽을 탐색하는 가운데 우루마 사츠키를 이용하면 우리가 반응한다는 사실을 알게 됐을 거야."

복잡한 표정을 짓는 토리코와 코자쿠라. 루나는 입마개 때문에 표정을 읽기 힘들었다. 질문이 없는 것 같아서 난 말을 이었다.

"하지만 우루마 사츠키의 모습이 가짜라면 우리는 그것에 간섭할 수 있어. 상대에게 압도되지 않고 이쪽 인식을 갱신만 하면 상대가 우루마 사츠키로서 드러냈던 현상을 다른 모습으로 다시 파악할 수 있어. 내 눈으로 이세계의 레이어를 전환시킬 수 있으니까 그건 다른 케이스로 실증이 끝났고."

"진짜야? 소라오의 오른쪽 눈으로 봐도 모습이 바뀌지 않는 괴물이 꽤 있지 않았어?"

"그게 제 가설에서 가장 취약한 부분이에요. 오미야에서 우루마 사츠키를 봤을 때도 모습이 변하지 않았고."

"불안한데."

"다만 괴물을 오른쪽 눈으로 확인하고 '정체' 같은 게 보였을 때도 애초에 근본이 된 괴담의 요소가 들어가 있는 게 많았던 것 같아요. 인식 레이어의 두께나 겹쳐진 부분도 일정하지 않고 몇 층을 벗겨내지 않으면 다른 모습이 보이지 않는 그런 케이스가 있을지도 몰라요. 그렇게 말한다면 이번에 우루마 사츠키는 그 층이 두껍고 단단한, 인식을 무너뜨리기 어려운 상대라고 생각해요."

"그걸 무너뜨리기 위해 〈소의 목〉을 이용하겠다고?"

"맞아요. 우루마 사츠키로서 나타난 현상에 대해 넌 〈소의 목〉이라는 인식을 억지로 심어줍니다. 굉장히 무서운 여자를 굉장히 무섭지만 실체가 없는 존재로 바꾸는 거예요. 이른바 괴담으로 괴담을 빼앗는 이미지인 거죠."

"흐――음……."

코자쿠라가 생각이 잠긴 듯 입가에 손을 올렸다.

"어떻게 생각하세요?"

"무서운 걸 무섭지 않은 걸로 바꾸는 것보다 무섭고 무해한 걸로 덮어버리는 게 더 간단하다는 건가……? 흥미로운 이론이네. 순간 무서움을 잊을 뻔했어."

"그렇죠?"

"혹시 그걸 실패하면?"

"바로 도망칠 거예요. 그러니까 게이트 바로 옆에서 실행할 생각이에요. 안 되겠다고 생각하면 즉시 철수할 거니까 그건 미리 염두에 두도록 하세요."

"아슬아슬하게나마 이성은 남아있다는 사실이 기뻐."

쿠자쿠라가 단조로운 목소리로 탄식했다.

"그럼 아시겠죠? 어서 가요. 위층 건물에서 이세계로 들어갈 거예요. 몇 군데 철수하기 쉬운 게이트를 정해뒀으니까 한 곳에서 우루마 사츠키가 나타나지 않아도 몇 군데를 시험해볼 생각이에요."

마침내 이세계로의 입장을 피할 수 없게 되자 코자쿠라가 점점 창백해졌다. 조금이라도 안심시키려고 난 어깨에 손을 얹고 말했다.

"괜찮아요. 무서워서 움직일 수 없게 돼도 끌어낼 테니까 안심하세요."

코자쿠라는 답하지 않고 원망스러운 시선으로 바라보았다.

"난 코자쿠라 씨를 보고 있을 테니까 토리코는 루나를 케어해 줘. 오케이?"

"오케이."

옆에서 평소처럼 간결한 대답이 돌아왔다. 내가 제안한 이번 '장례식' 즈음해서 토리코가 얼마나 감정을 마음속으로 꾹 참고 있는지 생각하기 시작하면 옆으로 사람의 형태의 구멍이 뻥 뚫려있는 것 같아서 문득 두려웠다.

그런 마음을 떨쳐내고 난 목소리를 높였다.

"좋아, 가자."

우린 지하실을 가로질러 양쪽으로 열리는 문에 손을 댔다. 서늘하고 차가운 금속 손잡이를 당긴 후 위층으로 이어진 계단으로 향하기 위해 이어진 어두운 지하통로에 발을 들여놓았다.

시야 끝에서 은색 인광이 어른거렸다.

"……응?!"

위화감에 소리가 흘러나온 직후, 미적지근한 바람이 세차게 불었다. 바람에 휘날린 머리가 눈을 덮어 순간 아무것도 보이지 않았다. 머리를 걷어내고 눈을 뜬 나는 숨을 삼켰다.

그곳은 지하통로가 아니라 밖이었다.

드문드문 나무가 자란 수풀 속에 우린 서 있었다. 발밑은 풀숲으로 덮여 있었고 올려다본 하늘은 지금이라도 비가 내리기 시작할 것 같은 구름이 낮게 드리워져 있었다.

조용했다. 벌레소리 하나 들리지 않았다.

이 친숙한 고요…… 틀림없이 이세계였다.

"야!"

침묵을 깨고 코자쿠라가 절규했다.

"이세계로 들어왔잖아! 이건 예측한 사태야? 아니지?!"

"아, 아니에요."

"철수다, 철수! 빨리 도라가자!"

그렇지, 게이트는……?!

서둘러 돌아본 내 눈에 들어온 건 아무런 표지도 없이 이어지는 숲뿐이었다. 오른쪽 눈으로 봐도 인광의 흔적조차 없었다.

"게이트가 없어요."

"그럴 줄 알았어, 제길……!"

"코자쿠라, 쉿."

토리코가 입에 손가락을 대고 말했다.

"소리치면 멀리까지 들리잖아."

코자쿠라가 깜짝 놀라 입을 손으로 틀어막았다.

"그래서 싫어, 여긴."

꽉 누른 손 밑에서 신음하는 코자쿠라를 달래려는데 누군가가 꾹꾹 두 팔을 찔렀다.

"으읍."

루나가 본인의 입마개를 가리켰다.

"아아……응."

"으읍――!"

이세계로 들어오면 벗겨주겠다고 말했잖아! 라는 항의의 의사가 완벽하게 전해졌다. 신음소리와 제스처만으로 이렇게 의사소통이 가능하다면 벗길 필요 없는 거 아냐?

"으읍――!!"

"알았어, 알았어……."

미기와에게 받은 열쇠를 꺼내고 다시 한 번 루나의 입마개를 관찰했다. 벨트가 몇 개나 겹쳐져 있었고 의외로 복잡한 구조였다. 한동안 탐색하다 겨우 자물쇠를 발견했다. 후두부에벨트를 연결하는 쇠장식과 쇠장식이 작은 맹꽁이자물쇠로 연결되어 있었다.

열쇠를 찔러 넣고 자물쇠를 열고 벨트를 푸는 걸 도와줬다. 입마개가 느슨해지고 혼자 풀 수 있게 된 이후 손을 놓았다.

"흐읍…… 퉤 퉤."

입 안에서 혀를 누르고 있던 마우스피스를 꺼내고 루나가 침을 뱉었다.

"아아―― 드디어 풀었다."

잠긴 목소리로 말하는 루나를 우리는 긴장하고 지켜보았다. 코자쿠라조차도 조용해졌다. 루나는 집중된 시선을 신경도 안 쓰며 손에서 축 늘어진 입마개에 화가 치미는 듯 시선을 보냈다.

"잠깐 들고 계셔 주실래요?"

"응? 으응."

아무렇게나 내민 입마개를 코자쿠라가 반사적으로 받아들었다. 벨트 부분을 정리해 들고 무료한 듯 서 있는 코자쿠라는 밭에서 사악한 감자를 뽑아버린 어린애처럼 멍하게 보였다.

루나는 본인의 가방을 열고 물이 든 페트병을 꺼내 그 자리에서 입을 헹구고 뱉어냈다. 다시 한 번 한 모금 삼키고 뚜껑을 닫았다.

"말도 못 하고 숨도 막히고 침도 흐르고 맛도 이상하고."

투덜거리며 이번에는 물티슈를 꺼내 열었다.

"차는 걸 동의한 건 나지만 정말 힘들었어요, 이거……. 아, 이제 됐어요. 주세요."

코자쿠라가 반납한 입마개의 마우스피스와 입에 직접 닿았던 부분을 루나는 요령 좋게 물티슈로 닦았다.

"내버려두면 누가 씻어주는 것도 아니고 직접 해야 하니까 귀찮고 좀 지루하고……."

루나가 고개를 들고 시선을 지금 알아차린 듯 눈살을 찌푸렸다.

"왜요?"

"아니……."

굉장히 익숙한 손길에 당황했지만 생각해보면 검사니 뭐니 해서 사람들과 접촉할 필요도 있었을 테니 탈부착할 기회가 많았겠지. 난 또 왠지 마음이 술렁거리는 것을 느꼈다. 그 술렁거림이 동정에 가까운 것이라는 걸 깨닫고 몰래 당황했다.

나였다면 루나의 경우에 처했을 때 견디지 못했을 것이다. 1

초라도 빨리 도망쳤을 테고 방해하는 녀석을 상처 입히는 것도 주저하지 않았겠지. 그런데 이 아이는 그걸 수용했고—— 익숙해진 것처럼 보였다.

최근 어떻게 된 거지, 내가…… 아이를 좋아하지도 않는데 카스미를 보호하고 후배 따위 필요 없는데 아카리를 받아들이고, 이번에는 하필이면 이 성격 최악의 전직 사교집단 교주에게 동정심까지? 점점 불안해졌다. 내 머리가 이상해진 걸까?

"소라오?"

"내 머리가 좀 이상해졌어?"

으응……? 이라는 얼굴로 토리코가 내 얼굴을 들여다보았다.

"어때? 이상해? 역시……."

"아…… 그게…… 대답하기 좀 힘든데……."

토리코는 신중하게 단어를 선택하고 있는 듯했다.

"……적어도 장소에 어울리지 않는 말을 가끔 꺼낼 정도로는 이상하다고 생각해."

"고마워. 코자쿠라 씨는 어떻게 생각해요?"

"미친 것 같다고 지금까지 백 번 이상 말했던 것 같은데 귀도 안 좋아졌어?"

"카미코시 씨는 내가 본 사람들 중에서 가장 이상한데 참고가 될까요?"

깔끔해진 입마개를 가방에 넣으며 루나가 옆에서 자연스럽게 디스했다. 동정한 게 실수였다.

"저기, 소라오, 저게 뭘까?"

토리코가 가리킨 곳으로 시선을 옮기자 나무들 너머로 세로로 긴 새하얀 판이 서 있는 게 보였다. 검은 글씨로 뭔가 쓰여 있는 것 같았다.

　"간판 같은데……?"

　오른쪽 눈의 시야에 수상한 움직임은 없었다. 난 쌍안경을 꺼내 들여다보았다. 하얀 판에 쓰여 있는 건 옆으로 향한 굵은 화살표와……

　오싹해진 난 쌍안경을 눈에서 뗐다.

　"왜?"

　"한 번 봐."

　건넨 쌍안경을 토리코가 눈에 댄 후 움찔거리며 경직했다.

　"거짓말."

　"뭐야, 뭐야, 뭔데, 무섭잖아."

　참기 힘든 듯 중얼거리는 코자쿠라에게 난 말했다.

　"역 앞에 장례식 안내 간판이 서 있는 경우가 있잖아요. 무슨 가문 장례식장은 이쪽, 같은 식으로 쓰인 간판."

　"으응……?"

　"그거예요."

　코자쿠라가 한쪽 눈을 감고 멀리 위치한 간판을 응시했다.

　"일단 물어보겠는데…… 누구 장례식이라고 쓰여 있어?"

　떨리는 목소리로 건넨 질문에 토리코가 답했다.

　"우루마 사츠키."

　잠깐의 침묵 후, 루나가 어울리지 않게 가벼운 어조로 말했다.

"카미코시 씨 계획이 들통 난 거 아니에요?"

3

우리는 신중하게 간판에 다가갔다. 주위의 위험을 경계하며 루나에게도 눈을 뗄 수 없었기 때문에 평소보다 몇 배나 잔걱정이 많았다. 나도 토리코도 오늘은 마카로프만 갖고 왔다. 장례식이라 큰 총은 삼가는 게 좋지 않겠냐는…… 뒤에 생각해보면 멋모르는 배려로 라이플은 두고 왔지만 단출하게 움직일 수 있었으니 결과적으로는 정답이었다.

루나는 적어도 지금 당장 반항할 생각은 없어 보였다. 내가 지정한 코스에서 마음대로 벗어나려하지 않는 건 사전에 글리치의 위험을 꼼꼼하게 알려줬기 때문일지도 모른다. DS연구소 환자의 모습을 아주 가까이에서 봐왔으니 부주의한 한 걸음이 치명적인 사태를 초래한다는 건 잘 이해하고 있을 것이다.

〈목소리〉의 세뇌는 한순간에 끝나는 건 아니었다. 명령을 내뱉고 그 말을 들은 상대가 따를 때까지 어떻게든 몇 초는 걸린다. 무방비한 일반인을 상대로라면 몰라도 〈목소리〉를 감지하고 막을 수 있는 우리 두 사람이 총을 갖고 지켜보고 있는 이 상황에서는 루나도 역시 세뇌하기 힘들겠지.

← 고 우루마 사츠키 님 장례식장

"이건 누가 세웠을까요?"

우뚝 서 있는 나무에 간판이 철사로 동여매져 있는 걸 보고 루나가 이상하다는 듯 말했다.

"누구도 아닐걸."

"네? 하지만 누군가가 간판을 준비해서 여기까지 옮겨서 설치한 거잖아요?"

"이런 건 사람이 만든 것처럼 보이지만 대부분은 자연스럽게 생긴 걸 거야. 밖에서 갖고 들어온 건 다르겠지만."

"흐──음……? 이 간판이 그렇다는 걸 어떻게 알아요?"

난 간판을 가리켰다.

"글자를 읽을 수 있잖아."

"그야 읽을 수 있죠."

"현실 세계의 문자는 이세계로 갖고 들어오면 의미를 알 수 없게 돼. 읽을 수 있다는 건 이세계 안에서 썼다……든가 형성된 문자라는 뜻이야. 네가 갖고 온 걸 한 번 봐."

루나는 의심을 숨기려고도 하지 않고 페트병을 가방에서 꺼냈다. 라벨을 읽으려다 으앗, 하고 소리를 질렀다.

"기분 나빠! 이게 뭐야?!"

본인이 손에 든 페트병에서 물러서는 루나에게 코자쿠라가 간결하게 설명했다.

"뇌가 간섭당하고 있는 거야, 지금. 언어기능을 침범당했어."

"네에──? 대박…… 기분 나빠."

한바탕 소란을 피운 후 뭔가 생각났다는 듯 루나가 물었다.

"이 간판, 현실 세계에서 읽으면 어떻게 될까요?"

"반대로 의미 불명한 문자열로 보일 거야. 우루마 사츠키의 노트가 그랬던 것처럼."

"아! 그럼 그 노트를 이세계에서 읽을 수 있었다는 건……."

"그래, 그런 뜻이지."

"흐음. 이것도 갖고 갈까요? 모처럼 왔는데."

"관두는 게 좋아. 안 좋은 일이 일어날 테니까."

"무슨 말이에요, 그게."

"예를 들어 근처 길에 세워두면 그 간판을 본 사람이 모르는 장례식에 이끌려가거나 집으로 돌아가면 집에서 장례식을 치른다거나 애초에 간판에 쓰인 이름이 본인 이름이라든가……."

"야! 무서운 이야기하지 마."

화내는 코자쿠라는 이동을 개시한 이후 계속 내 옷자락을 붙잡고 떨어지려고 하지 않았다.

"그런 괴담이 있어요?"

"지금 대충 생각해냈는데."

"그러니까 즉흥적으로 무서운 이야기 하지 말라고!"

코자쿠라와는 대조적으로 루나는 흥미진진하게 달려들었다.

"에이, 하지만 흥미롭네요, 그거. 그럼 여기 와서 똑같이 하면 저주 아이템을 마음대로 만들 수 있겠네요."

"……그만둬. 발상이 사악해."

〈목장〉의 인테리어를 코디네이터한 사람답구나……라고 생각하면서 난 대답을 얼버무렸다. 확실히 가능할지도 모른다. 이세계의 영향을 현실 세계에도 끼치기 위해「저주받은」물품을 인위적으로 만든다—— 혹시 우루마 사츠키가 해온 건 그런 것 아닐까? 연구 노트도 그렇고 아카리에게 건넨「부적」도 단순히 어딘가에서 주운 게 아니라 이세계에 와서 만든 걸지도…….

간판 속 화살표가 가리키는 방향으로 발걸음을 더 옮기자 바로 숲이 끊겨졌다. 가는 방향의 땅이 움푹 패여 있는 건지 지면이 끊겨서 움푹 들어가 있었다.

급한 경사면 가장자리에서 내려다보니 눈 밑으로 작은 마을이 펼쳐져 있었다. 허술하게 판자를 댄 오두막집이나 짚으로 만든 허름한 지붕의 가옥이 뒤섞인 옛날 일본의 산촌 같은 분위기였다. 언뜻 보기에 사람이 사는 느낌은 안 들었다. 무너진 집도 눈에 띄고 남은 건물의 대부분도 담쟁이덩굴이나 이끼로 침식되어 녹색으로 물들어 있었다.

오른쪽으로 눈을 돌리자 좀 떨어진 곳에 또 하나, 아까와 같은 안내 간판이 서 있었다. 그곳부터 내리막길이 이어져서 움푹 들어간 땅 속으로 내려갈 수 있는 것 같았다.

"뭔가 보여?"

쌍안경으로 황폐한 마을을 관찰하고 있는 토리코에게 난 물었다.

"움직이는 건 없는데 마을 안에도 간판이 서 있어."

"안내가 친절하네."

나도 쌍안경을 들여다보았다. 오른쪽 눈에 의식을 집중시켜 전체를 둘러보니 은색 인광이 여기저기 빛나고 있었다. 마을 안에는 그만큼 많진 않았지만 주변 경사면에는 몇 개의 글리치가 있는 듯했다.

쌍안경을 내려놓고 돌아보았다.

"가요. 길 위로는 괜찮은 것 같지만 좀 떨어지면 위험해요. 무슨 일이 일어난다고 해도 반사적으로 도망치지 마세요."

"무슨 일이 일어난다는 거야……?"

"안 일어나는 게 더 이상하죠."

코자쿠라를 향해 말을 하긴 했지만 반쯤은 루나에게 들려주기 위한 말이었다. 여기서 이상한 마음을 먹기라도 하면 견딜 수 없을 것 같았다.

"무언가가…… 끌어들인다고밖에 볼 수 없는데. 괜찮겠어요?"

루나가 물었다. 난 고개를 끄덕였다.

"이대로 갈 거야. 이세계가 내 머릿속을 읽고 있다면 우루마사츠키의 장례식이 준비되어 있는 건 이상하지 않지."

"덫인 것 같은데요."

"덫이었다고 해도 우리가 해야 할 일은 변하지 않아. 오히려 이쪽에서 찾아가서 마구 혼란스럽게 해줘야지. 상대가 인간이든 괴물이든 겁먹으면 끝이야."

루나가 코자쿠라와 얼굴을 마주하고 어이없다는 듯 말했다.

"역시 야만적이네요."

"그렇지?"

뭔가 무례한 합의에 이른 것 같은 두 사람의 의견에 덧붙이듯이 토리코가 말했다.

"하지만 마음은 있어, 소라오에게도."

"토리코……."

아무리 그래도 조금 더 나은 서포트 방법이 있었을 것 같은데.

……아니, 잠깐만. 서포트 방법이 서툰 게 아니라 이건 빈정거리는 건가?

어느 쪽이 정답인지 토리코의 옆모습을 보고 알아차릴 순 없었다.

뭐, 됐어. 쓸데없는 생각을 하고 있을 때가 아니야.

내리막길을 따라 우리는 마을로 향했다. 포장되지 않은, 밟아다진 흙길이었다. 펌프스를 신은 코자쿠라가 넘어지지 않도록 천천히 걸음을 옮겼다.

가까운 곳까지 가자 황폐한 마을이라는 걸 확실하게 알 수 있었다. 쓰러진 판자 울타리, 깨진 유리, 녹슬어 갈색이 된 함석지붕. 무너진 집의 토대가 된 기계 잔해는 농기구 아니면 오래된 오토바이인가? 덧문도 미닫이문도 전부 쓰러져서 그냥 들어갈 수 있게 된 집도 있었다. 여기 저기 쇠퇴한 풍경 속에서 가끔 나타나는 장례식 안내 간판만이 어울리지 않게 아주 새로운 것이었다.

마을 중앙에 나무가 서 있었다. 옹이투성이인 줄기는 뒤틀려 있었고 머리 위로 펼쳐진 나뭇가지에는 한 장의 잎사귀도 붙어 있지 않았다. 나무뿌리 쪽에 있는 바위는 간신히 지장보살 형태의 모습을 띠고 있었다.

마른 수로에 걸쳐진 작은 돌다리를 건넜다. 다리 옆에 무너져 있는 건 물방앗간인 듯했다. 회전축이 썩어 쓰러진 목제 물레방아가 이끼에 덮여 녹색 덩어리로 변해 있었다.

화살표를 따라 황폐한 마을의 3분의 2정도쯤 지났을 때, 장례식에 쓰는 검은색과 흰색의 포장막이 전방에 나타났다. 간판이 나타내고 있던 건 아무래도 저것 같았다. 주변을 경계하면서 신중하게 접근했다. 여기까지 이르러서도 누군가의 기척도 느껴지지 않는 걸 보면 장례식 참석자는 우리뿐인 듯했다.

포장막은 굉장히 키가 컸다. 5미터 정도는 되는 것 같았다. 산울타리처럼 길게 이어진 포장막을 따라 걸어가다 드디어 갈라진 부분이 있는 걸 발견했다.

쭈뼛쭈뼛 안쪽을 들여다보다 의표를 찔렸다. 집 한 채 크기의 부지가 빙그르르 검은색과 흰색의 줄무늬 형태로 에워싸여 있었다. 게다가 포장막이 천정 부분까지 덮여 있었다. 벽면 좌우에 걸쳐진 장대가 지탱하고 있는 듯했다. 올려다 볼 정도로 높은 포장막이라는 것만으로도 이상했는데 천정까지 같은 모양인 건 꽤 섬뜩한 광경이었다. 바닥만 흙이 드러나 있는데 풀 한 포기 나지 않은 상태였다.

참석자가 명부를 기입하는 장소로 만들 생각이었는지 입구 앞에 새하얀 식탁보로 덮인 작은 책상이 덩그러니 놓여 있었다. 그 너머에는 파이프 의자가 늘어서 있었고 가장 안쪽에 제단이 조직되어 있었다. 넘칠 듯한 양의 새하얀 헌화로 덮인 제단 위에는 비목나무로 만든 관이 놓여 있었다.

4

"뭔가 보여?"

옆에 선 토리코가 물었다.

난 장례식장을 오른쪽 눈으로 천천히 둘러보았다. 모습이 변하는 건 아무것도 없었다. 포장막이 바람에 펄럭이는 박자에 맞춰 들어오는 외부의 빛이 어두컴컴한 안쪽을 불규칙적으로 밝히고 있었다.

뒤를 돌아보니 코자쿠라와 루나가 무료한 듯 가만히 서 있었다. 코자쿠라는 겁에 질려 얼굴이 창백했고, 루나는 긴장하면서도 흥미를 갖고 있는 듯했다.

"코자쿠라 씨, 괜찮으세요?"

"괜찮지 않아."

추위로 시린 듯 딱딱한 어조로 코자쿠라가 답했다.

"왜 내가 이런 곳에 있는 거지?"

"우루마 사츠키의 장례식에 참석하기 위해서요."

"아아…… 그랬지."

코자쿠라는 꿈속에 있는 것처럼 멍한 눈을 하고 있었다. 공포가 허용량을 초과한 걸지도 몰라. 내가 팔을 만지자 무의식적인 동작으로 그 팔에 매달렸다.

어쩔 수 없이 머리를 쓰다듬자 잠시 가만히 있다가 느닷없이 으앗, 하고 크게 외치며 몸을 떼어냈다.

"아, 다행이다."

"지…… 지금 머리를 쓰다듬었어?!"

"죄송해요, 무심코."

"무심코 그런 거 아니잖아, 두 번 다시 하지 말라고 했지?!"

화내는 코자쿠라를 이상하게 바라보며 루나가 말했다.

"코자쿠라 씨는 호러를 싫어하는군요, 의외다."

"호러 게임 방송인 분위기로 그런 말을 들으니까 엄청 짜증나는데?"

"다음에 같이 해볼까요? 호러 게임."

"절대 안 해!!"

앞으로 돌아섰을 때 토리코의 뭔가 불만스러운 표정과 마주했다.

"왜?"

"그냥……."

휙 고개를 돌려 제단에 놓인 관 쪽을 응시하던 토리코가 후우하고 한숨을 내쉬었다. 코자쿠라도 정신을 차렸고, 나도 정신을 다잡았다.

"가요."

내가 그렇게 말하자 뒤에서 코자쿠라의 알아들을 수 없는 신음소리가 들렸다.

무인 장례식장으로 들어가 제단으로 다가갔다. 들리는 건 바람에 천이 펄럭이는 소리뿐이었다. 좌우에 놓은 파이프 의자들은 여기저기 흩어져 있어 마치 방금 전까지 앉아있었던 참석자가 갑자기 사라진 듯한 인상을 받았다.

제단을 가득 채운 헌화에서 달콤한 향기가 감돌았다. 그걸 깨달았을 때 토리코와 코자쿠라가 동시에 숨을 멈췄다는 걸 알게 됐다.

"사츠키 냄새야……!"

토리코가 중얼거렸다. 뒤를 돌아보자 코자쿠라는 깜짝 놀라 눈을 크게 뜨고 있었다. 옆에 있는 루나의 표정으로 봤을 때 이쪽은 깨닫지 못한 듯했다. 동요하고 있는 건 아직 인간이었을 때 우루마 사츠키를 알고 있는 두 사람뿐이었다.

관 뚜껑은 열려 있었다. 총을 장전하고 들여다보니 안에도 새하얀 꽃이 깔려 있었다. 그곳에 누워있어야 할 시체만이 없었다. 일어나 어딘가로 걸어가 버린 것처럼…….

총을 내리고 얼굴을 마주했다.

"없는 것 같은데 어떻게 할까요."

루나가 제단을 올려다보며 물었다.

"장례식장까지 준비되어있는데 당사자가 없다니, 어떻게 된 거야?"

화난 것처럼 코자쿠라가 말했다. 난 생각하며 답했다.

"아마 이 장례식장은 상대의 접근 방식일 거예요. 이세계의 다른 장소와 비교해 우리의 의도가 강하게 반영되어 있으니까."

"뭘 위한 접근인데?"

"그건 모르겠지만 관찰하고 있는 것 같아요…… 우리가 어떻게 하는지."

"웃기지 마……."

그렇게 중얼거린 토리코는 나보다 화가 난 것처럼 보였다.

"우리가 사츠키의 장례식에 왔다는 걸 상대는 이해하고 있을 거야…… 어떤 레벨의 이해인지는 모르겠지만."

"그렇게 생각해도 되겠죠. 하지만 중요한 당사자는 여기 배치되지 않았어요."

"그 의도는 뭐지? 도발인가?"

"그렇게까지 알기 쉬운 의도가 있을 것 같진 않아요. 단순히 겁을 주기에 효과적이기 때문일지도."

"확실히 시체가 없는 게 더 불안하긴 하지만……."

"여기 없는 상대는 총으로 쏠 수 없으니까요."

"또 그렇게 야만적인──."

얼굴을 찡그리며 말을 하던 코자쿠라가 깜짝 놀라 말을 끊었다.

"──혹시 그게 이유 아닐까?"

"네?"

"총에 너무 많이 맞아 상대도 방식을 바꾼 거 아닐까? 너희가 너무 쉽게 탕탕 쏘니까……."

무의식중에 토리코와 얼굴을 마주하고 말았다.

그럴지도 몰라…….

최근 이세계에서의 접근은 현실 세계로까지 인간과 비슷한 존재를 보내는 수법이 많았다. 〈T씨〉를 총과 가라테로 맞받아친 걸 생각하면 짐작 가는 게 있다고밖에 말할 수 없었다.

"우리 앞에 나타나는 괴물이 이세계로부터의 탐사라고 한다면 뭘 하면 이쪽 반응이 변하는지 시험해봤다고 해도 이상하지 않 잖아."

"그렇다면 별로 기분이 좋진 않네요."

"애초에 이세계와 관련돼서 '기분 좋은 일' 따위가 어디 있어?"

"없었다면 이런 짓도 안 했겠죠."

코자쿠라는 절레절레 고개를 저으며 말했다.

"이제 됐어, 소라오에게 물어본 게 잘못이었어."

진지하게 대답했는데 너무한다고 내가 기분 상해하는데 루나 가 뭔가 떠올랐다는 듯 말했다.

"그러고 보니 카미코시 씨, 노트를 갖고 있으면 사츠키 님이 찾아올 거라고 했는데 효과가 없었던 것 같네요."

"역시 그렇게까지 간단하진 않았네. 갖고 있기만 하면 되는 게 아니라 사용하지 않으면 안 되는 건가?"

"……읽을 거예요?"

루나의 목소리가 낮아졌다.

"아니. 읽진 않을 거지만 대신 쓸 데가 있어."

난 내 가방을 내려놓으며 말했다.

"토리코, 저 책상 좀 갖고 와줄래?"

"저 작은 책상? 오케이."

내가 가방에서 노트를 꺼내 준비하는 동안 토리코가 장례식장 입구에 놓여 있던 명부 기록용으로 보이는 책상을 들고 왔다. 초등학교에서 사용될 법한 책상과 거의 같은 사이즈였는데 지금 부터 하려는 일에는 안성맞춤이었다.

관 앞에 놔둔 책상 위에서 난 노트를 펼쳤다. 다만 앞장부터가 아니라 뒤쪽부터. 아무것도 쓰여 있지 않은 양쪽 페이지가 새하얀 식탁보 위에 펼쳐졌다.

"이걸로 우루마 사츠키를 소환할 거예요. 도와주세요."

"이걸로……?"

가로세로로 그은 선 사이에서 뭔가 기어 나오는 건 아닌가 하는 의심스러운 눈길로 코자쿠라는 공백의 지면을 응시했다.

"자. 지금부터 넷이 분신사바를 할 거예요."

무슨 소리를 하는 건지 모르겠다는 3명의 시선이 집중되었다.

"분신사바가 뭔데?"

토리코가 고개를 갸웃거렸다. 앗, 거기서부터 설명해야 하나?

"위자보드라고 알아?"

"아, 응."

"그 일본판."

"흐음."

"코자쿠라 씨, 10엔짜리 동전 좀 있을까요? 지갑 안에 들어있던 걸로."

"있을 것 같긴 한데…… 아니, 무, 무슨 소리야? 왜 분신사바를?"

"어떻게 하면 우루마 사츠키를 소환할 수 있을지 계속 생각해봤는데 이게 최선인 것 같아요. 분신사바는 심플하고 우리의 특성을 살리기 쉽거든요. 〈나 홀로 숨바꼭질〉도 후보에는 있었지만 잡음이 좀 많을 것 같고."

"이제 소라오가 무슨 소릴 하는지 하나도 모르겠어."

"괜찮아요. 금방 알게 될 테니까. 다들 테이블을 에워싸고 앉아보세요."

난 얇은 펜을 들고 노트로 몸을 구부려 의식에 필요한 문자를 재빠르게 써넣었다. 자음, 모음과 숫자, 그 위에 「네」와「아니요」, 가장 윗부분 한가운데에 신사 기둥문 마크.

다 쓰고 고개를 들어 책상을 에워싼 세 사람과 시선을 맞췄다.

"자, 10엔…… 이거면 돼?"

"감사합니다. 그럼 여기에 모두 손가락을 올려주세요."

신사 기둥문 위치에 놓인 10엔짜리 동전에 네 사람의 집게손가락이 올라갔다.

"아, 토리코는 왼손으로 부탁해."

"뭐? 그래?"

"응. 장갑도 벗고."

"저기——. 4명이 함께 하기에 10엔짜리 동전은 좀 작은 것 같은데요——."

"꽉 누를 필요는 없어. 가장자리에 가볍게 걸치기만 해도 돼."

준비가 끝났을 때 내가 말했다.

"루나, 지금부터 내가 하는 말을 복창해줬으면 좋겠는데——."

"네에."

"그 〈목소리〉를 사용해줬으면 좋겠어."

"네? 써도 돼요?"

"그걸 위해 데리고 왔으니까. 알겠지? 시작한다."

난 숨을 들이킨 후 말했다.

"우루마 사츠키 씨, 우루마 사츠키 씨, 어서 와주세요. 혹시 오셨다면 〈네〉로 움직여주세요."

그 이후 루나를 바라보았다.

"말해."

"……사츠키 님, 사츠키 님, 어서 와주세요."

처음부터 멋대로 편집됐지만 귀로 들어보니 이쪽이 더 어울렸다. 내가 나무라지 않자 루나는 그대로 계속했다.

"만약 오셨다면 〈네〉로 움직여주세요……."

나의 오른쪽 눈은 루나의 입에서 〈목소리〉가 흘러나오는 모습을 포착하고 있었다. 그 모습은 예상과 달랐다. 지금까지 본 루나의 〈목소리〉는 표적을 향해 공중을 달려가는 은색 유선이었다. 지금 보이는 건 루나의 입을 기점으로 불꽃처럼 확산되는 인광 무리였다. 명확한 대상을 향해 나아가는 게 아니기 때문인지 방사 방향도 기세도 제각각이었고 끝부분은 공중에서 녹아내리듯 사라졌다.

"반응이 없는데요."

"계속 해봐. 반복해서."

그렇게 지시한 이후 말을 덧붙였다.

"반응이 있는 장소를 찾아가면서 해봐. 〈목소리〉를 사용해 사츠키를 찾는 거야."

"네에? 갑자기 어려운 말 하지 말아주시겠어요?"

불평하면서도 루나가 되풀이했다.

"사츠키 님, 사츠키 님, 어서 와주세요⋯⋯."

귀에 들리는 목소리 상태는 바뀌지 않았는데 오른쪽 눈에 보이는 〈목소리〉 형태는 1초마다 바뀌었다. 루나가 시키는 대로 주변 공간을 서치하고 있었다. 내 눈이나 토리코의 손이 하는 일을 루나도 가능하지 않을까 추측한 게 맞았던 모양이었다.

갑자기 토리코가 꿈틀거리며 반응했다.

"──차가워."

한 마디를 중얼거린 직후, 손끝의 감각에 변화가 생겼다. 아무런 전조도 없이 10엔짜리 동전이 종이 위를 미끄러졌고 신사 기둥문 위에서 이동했다.

"카미코시 씨. 내 목소리가 뭔가에 닿았어요, 지금."

루나가 놀라움이 담긴 목소리로 말했다.

"엄청 이상한 느낌⋯⋯이거 뭐지? 누구? 엄청 크고 엄청 무섭고 인간과는 전혀 다른데⋯⋯."

본 적 있는 모습이었다. 루나의 입에서 전에도 같은 대사를 들은 적이 있다. 그건 언제 어디서였지⋯⋯?

코자쿠라가 깜짝 놀라 소리를 질렀다.

"야, 그건── ASMR의──."

동시에 나도 떠올랐다. 예전에 납치됐을 때 루나가 했던 말을.『블루 월드』라는 수수께끼의 영상 속 음성에서 나타났다는 크고 무섭고 다른 무언가를.

"⋯⋯신이야."

황홀한 표정으로 루나가 속삭였다.

그 순간 손가락을 올린 10엔짜리 동전이 한층 무거워졌다. 안 보이는 무언가가 소리도 없이 하늘에서 떨어진 것처럼.

"뭐, 뭐야, 이거……!"

코자쿠라가 신음했다. 모두가 같은 감각을 느끼고 있는 듯했다. 손가락 밑에서 10엔짜리 동전이 엄청난 압력을 받은 것처럼 떨렸다.

"루나, 계속해."

제촉하자 루나가 당황한 듯 말했다.

"사, 사츠키 님이시라면 〈네〉로 이동해주세요."

10엔짜리가 이상한 형태로 미끄러지듯 움직여 〈네〉 위에서 딱 멈췄다. 모두가 말을 잃었다. 이렇게 될 걸 기대하고 계획을 세웠던 나조차 그랬다.

"이건 아무도 움직이지 않았죠?"

루나의 질문에 모두 고개를 가로 저었다.

"토리코, 어떻게 된 건지 느껴져?"

"왼손이 차가운 물결에 가라앉아 있는 것 같아. 〈T씨〉의 푸른 길, 그것과 똑같이——."

난 다시 한 번 오른쪽 눈에 의식을 집중시켰다. 손으로 쓴 문자가 나열된 지면에 포개어지듯이 확실히 어떠한 힘이 흐르고 있다는 건 알 수 있었다. 정확하게 볼 수 없는 건 현실 레이어를 제대로 투과하지 못했기 때문일까.

이 흐름과 이어져 있는 지금이라면 루나를 경유하지 않고도

의사소통이 가능할까? 난 시험 삼아 질문을 꺼내보았다.

"당신의 이름을 알려주세요."

10엔짜리 동전이 움직였다. 자음과 모음이 적힌 곳으로 움직여 하나씩 문자를 더듬었다.

——이……키……스……타……마.

거기서 멈췄다.

뭐지? 난 곤혹스럽게 지면을 바라보았다.

이키스타마? 의미가 있는 말인가? 외국어……?

한 발 늦게 머릿속으로 소리와 의미가 연결됐다. 생령이야!

"재미있네……."

무심코 중얼거렸더니 세 사람 모두 뭐?! 라는 얼굴로 날 바라보았다. 개의치 않고 나는 한 번 더 물었다.

"당신 이름을 알려주세요."

——파……란……눈.

"그건 이름이 아니에요. 당신의 이름을 알려주세요."

——우……루……마…….

왔다!

——사……츠……키.

"말했다……."

방심한 듯 토리코가 중얼거렸다. 나도 흥분했다. 대화가 성립되고 있었다. 지금 우린 이세계가 우루마 사츠키라고 밝힌 무언가와 분신사바를 통해 대화하고 있었다.

"당신은 어디서 왔습니까."

——아……오……후……치.

모르겠어. 아오후치—— 푸른 가장자리? 얼룩? 등나무?

내가 다음 질문을 건네기 전에 토리코가 말했다.

"지금 어디 있어?"

10엔짜리 동전은 움직이지 않았다. 토리코가 한 번 더 큰 소리로 물었다.

"사츠키, 지금 어디야?"

——여

——기

눈 끝에서 무언가가 움직였다. 시선을 돌리자 관에서 넘쳐흐른 꽃이 바닥에 떨어지고 있었다.

살랑살랑 꽃잎과 맞닿는 소리를 내며 관 안에서 일어나는 인영이 보였다. 오른쪽 눈의 시야에 들어온 그것은 새파랬고, 마치 공간에 인간 모양의 구멍이 뻥 뚫린 것 같았다. 푸른색은 구멍 너머에서 흘러나오는 빛이었다. 반사적으로 눈을 돌렸다.

안 돼—— 저건 안 돼, 정면으로 보면 미치게 될 거야!

"돌아보면 안 돼!"

나의 외침에 세 사람이 흠칫 놀랐다.

"누군가가 있는데 절대로 보면 안 돼. 10엔짜리 동전만 봐."

딱딱한 신발 밑창이 지면을 디디는 소리가 들렸다. 관에서 내려온 누군가가 천천히 걸어오고 있었다. 책상을 둘러싼 우리 옆까지 왔을 때 물 안을 걷는 것 같은 걸음으로 등 뒤를 시계방향으로 걷기 시작했다. 내리깐 눈 가장자리에 검은 롱스커트가 어른거렸다. 헌화 냄새가 아주 가까운 거리에서 풍겼다.

"사츠키……."

토리코가 쉰 목소리로 이름을 불렀다. 대답은 없었다.

"어떻게 해, 이거."

꽉 억누른 목소리로 코자쿠라가 말했다.

"부르긴 했는데……어떻게 제령해?"

그래, 중요한 건 지금부터였다.

진정하려고 숨을 내뱉으며 난 다시 한 번 입을 열었다.

"본인이 죽었다는 걸 당신은 알고 있나요?"

반응이 없었다. 한 번 더.

"본인이 이미 죽었다는 걸 알고 있습니까?"

──〈아니요〉

"당신은 이세계에 잡아먹혀서 두 번 다시 돌아올 수 없게 됐어요. 그렇죠?"

──〈네〉

토리코가 아무 말 없이 싫다는 듯 고개를 저었다. 호흡이 거칠어졌다.

"이제 현실 세계에 거처가 없다는 걸 당신은 이해하고 있습니까?"

──〈아니요〉

"이제 인간이 아닌 당신은 본인을 뭐라고 생각하나요?"

──우……루……마……사……츠……키.

"당신은 이미 우루마 사츠키가 아니에요."

——〈아니요〉

"당신은 이미 우루마 사츠키가 아니에요. 〈네〉라고 말해주세요."

——〈아니요〉

"토리코, 대답을 왜곡해."

"뭐?!"

"〈아니요〉로 가게 하지 마. 〈네〉로 가게 해."

"소, 소라오, 무슨 소리야? 그런 짓을 해도 돼?"

고개를 들지 않은 채 난 말했다.

"지금 우린 이세계를 구성하는 힘의 흐름과 닿은 상태야. 내가 그 흐름을 보고 있으니까 토리코의 손으로 대답을 고칠 수 있을 거야."

시공의 아저씨 사건에서 들어갔던 고스트 타운을 떠올렸다. 마을 전체가 글리치였던 그 장소에서는 내 눈으로 차례차례 현실의 레이어를 뛰어넘고 게다가 인식을 고쳐서 코자쿠라를 꽃으로 바꾸는 것조차 가능했다. 그것과 똑같이 하면 분신사바의 대답을 우격다짐으로 바꿀 수 있을 것이다.

"거짓말…… 분신사바를 해킹하는 건 들어본 적 없어."

코자쿠라가 어이없다는 듯 중얼거렸다.

"한 번 더 물어볼게요. 당신은 이미 우루마 사츠키가 아니에요. 〈네〉라고 말해주세요."

〈아니요〉를 향해 움직이기 시작하려는 10엔짜리 동전에 다른 힘이 가해졌다. 토리코의 손가락이 종이 위에서 교차하는 힘의 흐름과 함께 10엔짜리 동전이 나아갈 길을 바꾸려 하고 있었다.

"무거워……!"

이를 악물고 토리코가 말했다. 하지만 10엔짜리 동전은 천천히 움직였다. 눈을 깜빡이지도 못한 채 바라보는 가운데 10엔짜리 동전이 〈네〉와 〈아니요〉 중간에 딱 멈췄고 거기서 1밀리도 움직이지 않았다.

"무리야? 이제 안 움직여?"

"아까보다 무거워…… 누가 힘을 주는 거 아니야?!"

설마 아니겠지, 라고 말하려던 그때 가만히 있던 루나가 입을 열었다.

"저예요."

"뭐?! 뭐 하는 거야?!"

이렇게 막판에 배신할 생각이야——? 오싹거리며 경계했지만 나에겐 시선도 주지 않은 채 루나는 말했다.

"사츠키 님, 루나에게 성흔을 남겨주셔서 정말 감사합니다. 계속, 계속 뵙게 되길 애타게 기다려서 굉장히, 굉장히 영광이고 기쁘게 생각합니다."

광신도 그 자체라고밖에 할 수 없는 말을 토하고 있는데 말투에는 열기가 없었고 억양도 없었다.

"하지만 죄송합니다, 딱 하나만 정말 딱 하나만 말씀해주셨으면 좋겠습니다. 알려주세요."

감정을 읽을 수 없는 목소리로 루나는 말을 이었다.

"왜 엄마를 죽이셨나요?"

그때까지의 저항감이 거짓말인 것처럼 10엔짜리 동전이 스르륵 자음, 모음 쪽으로 움직였다.

──원……했……다.

"원했다고? 누가?"

잠시 침묵 후 루나는 중얼거렸다.

"제가 말인가요?"

──이……제……필……요……없……다.

10엔짜리 동전의 궤적이 그렇게 나아갔던 그 다음 순간, 루나가 외쳤다.

"원하지 않았어! 난 그런 건 원하지 않았어!!"

10엔짜리 동전 위에 놓인 손가락이 분노로 부들부들 떨고 있었다.

"웃기지 마! 왜 멋대로 남의 엄마를 죽인 거야?! 한 번도 부탁한 적 없거든!"

루나는 목소리가 뒤집어질 정도로 격앙되어 있었다.

"대체 넌 뭐야?! 어디서 튀어나와서 루나의 인생을 엉망으로 만든 거야? 이제 필요 없다니, 아아, 그렇습니까?! 그렇게 말씀하셨죠?! 잘 알았습니다. 저기, 카미코시 씨! 좋은 생각이 떠올랐는데, 제 목소리, 이 선물은 사츠키 님께도 통하지 않을까요?!"

"루나, 그만──."

"잘 보세요, 시험해 보고……."

격정에 사로잡혀 고개를 든 루나의 말이 목구멍 안에서 막힌 듯 끊어졌다.

우루마 사츠키의 모습을 직시하고 만 것이다.

루나가 눈을 까뒤집고 입으로 토사물을 쏟아내며 그 자리에 졸도하는 모습을 난 곁눈질로 훔쳐볼 수밖에 없었다.

한동안 남겨진 우리 세 사람의 거친 숨소리만 들렸다.

"……죽었어?"

눈을 내리깐 채 내가 말하자 토리코가 루나 쪽으로 고개를 기울이며 답했다.

"숨은 쉬고 있어."

"얼굴이 위를 향했어? 아니면 엎드렸어?"

겁에 질린 코자쿠라가 가냘픈 목소리로 물었다. 눈 가장자리로 모습을 엿보았다.

"옆을 향하고 있어요."

"그럼 됐어……."

적어도 토사물에 질식할 걱정은 안 해도 되겠지. 루나를 일단 머리에서 지우고 난 애초에 하던 질문을 반복했다. 당신은 이미 우루마 사츠키가 아니잖아요?

"토리코, 어때? 움직일 수 있겠어?"

"안 돼. 아직 누가 힘을 주고 있어."

"……나야, 이건."

코자쿠라가 힘없이 말했다.

"고개 들지 마세요, 정면으로 바라보면 루나랑 같은 일을 당할 거예요."

"말 안 해도 안 봐. 사츠키도 원래라면 날 볼 낯이 없을 테니까."

코자쿠라가 긴 한숨을 내쉬었다.

"사츠키, 이제 포기해. 너의 거처는 이제 더 이상 이쪽엔 없어. 말해두겠는데 자업자득이니까. 조금이라도 인간에게 성실했다면 달랐을지도 모르지만…… 말해봤자 소용없으려나? 넌 처음부터 짐승만도 못한 녀석이었어. 사람과 짐승만도 못한 녀석의 차이가 뭔 줄 알아? 사람은 죽어도 거처가 남아. 짐승만도 못한 녀석은 그것조차 남지 않아. 살아있는 동안 사람을 사람으로도 생각하지 않았다면 그야 그렇게 되겠지."

혼잣말처럼 코자쿠라는 말을 이었다.

"누군가 한 명이라도 사람으로 대하던 상대가 있었다면 좋았을 텐데. 넌 그 길을 선택하지 않았어. 누구든 좋았는데. 그래서 이렇게 된 거야. 몇 명의 인생을 자기 멋대로 휘저었지. 뒤처리도 하지 않고 사라졌어. 한심해. 바보 같은 녀석이야, 너는."

코자쿠라는 마른 웃음을 흘리며 말했다.

"하고 싶은 말이 산더미만큼 있는 줄 알았는데 그렇지도 않았네. 이제 아무것도 없어. 너에 대한 집착도 후회도 아무것도 없어. 직접 그 말을 전해서 다행이라 생각해. 개운해. 그럼 잘 가."

코자쿠라의 말은 갑자기 끝났다. 10엔짜리 동전 위에 놓인 손가락에서 힘이 빠지는 게 느껴졌다.

"움직여?"

토리코는 고개를 저었다.

"소라오도 힘주고 있는 거 아니야?"

"뭐? 내가?"

그 말에 겨우 자각했다. 진짜네——무의식중에 나도 손가락에 힘을 주고 10엔짜리 동전을 꽉 누르고 있었다. 예상 밖의 나의 반응에 당황했다. 즉 나도 우루마 사츠키가 우루마 사츠키가 아니라는 걸 싫어하고 있었다는 뜻인가?

"……그건 아니야."

난 손가락에서 힘을 빼려고 하면서 말했다.

"산에는 혼자 가세요, 우루마 씨."

이걸로 내 손이 말을 안 들으면 어쩌나 하고 걱정했지만 자연스럽게 힘이 빠졌다. 몰래 안도하면서 토리코에게로 시선을 돌렸다.

"이제 어때?"

"움직이지 않아. 그럼 즉…… 그런 거겠네."

난 아무 말도 하지 않았다. 이제 토리코가 마음속으로 결말을 지을 수밖에 없었다.

토리코는 잠시 침묵을 유지한 후 입을 열었다.

"저기, 사츠키. 난 정말 감사하고 있어. 외톨이였던 날 찾아서 다시 한 번 햇볕이 닿는 곳으로 이끌어 내줬어. 다양한 곳에 데리고 가줬어. 다양한 걸 알려줬어."

침착하고 부드러운 목소리. 난 깜짝 놀랐다. 토리코가 내가 아닌 누군가를 향해 이렇게 따뜻하고 애정이 가득한 목소리로 말을 건넬 줄은 몰랐다.

가슴이 꽉 조여드는 느낌이 들었다. 양쪽 눈 아래, 광대뼈에서 위턱 사이에 묘한 느낌의 압박이 생겼다. 그걸로 내가 하마터면 울 뻔했다는 걸 깨닫고 엄청 놀랐다. 거짓말이지? 역시 내가 미쳤나?

"사츠키가 사라지고 엄청 걱정되고 외로워서 가만히 있을 수 없었어. 이세계에서 구해내려고 노력했지만…… 소용없었어. 못 쫓아가서 미안해. 정말 미안해."

토리코는 말을 끊었다. 우는 건 아닌지 걱정했지만 울지 않았다. 그 다음 입을 열었을 때 목소리 톤이 좀 낮았다.

"하지만…… 나 같은 아이가 따로 또 있었지. 사츠키는 아름답고 멋있으니까 이상한 건 아니지만. 솔직히 충격이었어. 나만의 사츠키라고 생각했으니까. 그럴 리가 없었는데. 어린애였어, 나는."

그래, 그래, 좀 더 말해줘. 지독한 여자라고, 그 녀석은——. 내가 마음속으로 외치고 있다는 걸 모른 채 토리코가 말을 이었다.

"그래도 계속 보고 싶었어. 살아있다고 믿었고 돌아오면 전부 용서해버릴 것 같았어. 실제로 재회했을 땐 너무 기뻐서 전부 다 아무래도 상관없었어. 그런데—— 손을 잡아봤더니 **아니었어.**"

토리코가 몸을 떨고 있었다. 10엔짜리 동전을 통해 떨림이 전해졌다.

"만지기만 해도 그렇게 알게 되는 것도 있구나. 그 순간 내가 아는 사츠키는 이미 없다는 걸 이해했어. 이 사츠키는 이제 만지고 싶지 않고 만져지고 싶지 않았어. 그래서…… 아아, 끝났구나, 싶었지. 닿는 게 싫어지면 그렇게 느끼게 되면…… 끝이잖아."

토리코의 손가락이 10엔짜리 동전 위에서 살짝 움직였고 내 손가락에 닿았다. 토리코가 장갑을 안 낀 왼손으로 날 만지려고 하는 건 드문 일이었다.

"소라오를 건드리려고 했다는 말을 듣고 난 화가 났어. 사츠키와는 두 번 다시 닿기 싫고 나의 소중한 사람을 건드리지도 않았으면 좋겠어. 사츠키와는 이제 끝이야. 사츠키는 사라졌어. 내 주변에도 이제 나타나지 마."

마지막에 토리코는 중얼거리듯 덧붙였다.

"바이바이, 사츠키—— 정말 좋아했어."

투명한 손끝에서 힘이 빠지는 걸 느낀 난 즉시 한 번 더 반복했다.

"당신은 이미 우루마 사츠키가 아니죠?"

이번에야말로 10엔짜리 동전이 움직였다. 미끄러지듯 마치 처음부터 그쪽으로 갈 생각이었던 것처럼.

——〈네〉

해냈다! 돌파했어!

"토리코, 이어서 내가 질문하면 〈소의 목〉으로 움직여."

토리코가 아무 말 없이 끄덕였다. 난 다음 질문을 건넸다.

"당신의 이름을 알려주세요."

10엔짜리 동전이 움직이기 시작했다.

——소……

그래, 됐어—— 그렇게 생각한 것도 잠시, 10엔짜리 동전은 예상하지 않았던 문자를 연결하며 멈췄다.

——귀……신.

소 귀신?

순간 실수한 줄 알고 눈을 치켜뜨고 토리코의 얼굴을 바라보았다. 눈이 마주치자 토리코는 격렬하게 고개를 가로 저었다.

"내가 아니야—— 멋대로 움직였어!"

토리코가 소리를 지른 그 다음 순간, 우리는 동시에 그때까지 계속 주변을 빙글빙글 계속 돌고 있던 우루마 사츠키가 토리코 뒤에서 걸음을 멈췄다는 사실을 깨달았다.

제단이 기울었다. 관이 미끄러져 바닥에 내팽개쳐졌다. 빈틈없이 늘어져 있던 헌화 행렬이 욕조에서 흘러넘친 목욕물처럼 무너지듯 떨어졌다.

드러난 제단 표면은 종려나무의 털처럼 거친 섬유로 빈틈없이 덮여 있었다. 정체를 알 수 없는 그 덩어리가 잠에서 깬 것처럼 느릿느릿 움직이기 시작했다.

그건 올려다 볼 정도로 큰 짐승을 본뜬 축제의 수레인가 뭔가로 보였다. 술병을 옆으로 쓰러뜨린 것처럼 뒷부분이 불룩한 형태를 하고 있었고 물새처럼 드높이 쳐든 목 끝에 무시무시한 귀신의 얼굴이 주변을 노려보고 있었다. 크게 벌어진 입과 소처럼 2개의 뿔이 눈길을 끌었다. 너무나 덩치가 커서 뿔의 끝부분이 머리 위에 펼쳐진 포장막을 스칠 정도였다.

역시 테이블을 둘러싸고 앉아있을 상황이 아니었다. 우린 10엔짜리 동전에서 손을 뗐다. 코자쿠라가 한계에 달해 비명도 지르지 못한 채 맥없이 쓰러졌다.

이런 존재가 나오는 괴담이 있었는지 없었는지 기억을 더듬어 보다 다르다는 걸 깨달았다.

우시오니야, 이건. 분명 서일본 어딘가에 이런 수레가 나오는 축제가 있었을 텐데.

"뿔을 가진 얼굴이 나오고 말았다."

우리와는 다른 목소리가 느닷없이 말했다. 어느샌가 우루마 사츠키 곁에——내가 있었다. 나의 도플갱어였다. 후드를 깊게 내려쓴 채 우루마 사츠키를 안 보려는 듯 고개를 숙이고 있었다. 그럼에도 불구하고 곁을 떠날 수 없는 것 같았다.

"약속했으니까 가야 해."

도플갱어가 입을 연 건 처음이었다. 나랑 같은 목소리일 텐데 왜 이렇게 여리고 어린애처럼 들리지? 뻐딱해져서 모든 것에 벽을 만든, 누구에게도 사랑받지 못할 것 같은 목소리였다. 하지만 동시에 그 불만스러운 난 굉장히 겁내며 싫어하고 있었다.

우루마 사츠키가 손을 내밀었다. 그 손을 잡으려고 도플갱어가 느릿느릿 자신의 손을 들어올렸다.

안 돼, 안 돼. 그 녀석을 따라가면 돌이킬 수 없게 될 거야.

그렇게 생각하면서도 웬일인지 움직일 수 없었다. 그때 약속했으니까 어쩔 수 없다는 납득과 체념과 관망이 날 박살냈다.

아아, 내가 우루마 사츠키의 손을 잡고 말 거야. 산으로 끌려가게 될 거야——.

어찌할 도리가 없어 바라보는 내 눈 앞에서 그때 토리코가 움직였다.

성큼성큼 다가와 도플갱어를 뒤에서 끌어안고 그 자리에서 억지로 끌어내 단숨에 책상까지 끌고 왔다. 나랑 도플갱어가 토리코를 사이에 두고 어리둥절하게 서로 바라보는 형태가 되었다.

"이제 그만해, 사츠키! 소라오를 건드리면 용서 안 해!"

우루마 사츠키를 향해 토리코가 외쳤다.

"바이바이라고 했잖아?! 사츠키와는 이제 끝이야! 내가 사랑하는 건 소라오야!"

그렇게 말한 토리코는 날 와락 끌어안고 입술을 힘을 다해 꾹 눌렀다.

"으앗, 잠깐……."

도망치려고 했지만 도망칠 수 없었다. 입술의 감촉에 허리에 힘이 빠지려 했지만 난 어떻게든 제정신을 유지하려고 발버둥쳤다. 토리코의 윤곽 너머로 도플갱어가 이쪽을 보고 있었다. 나만 키스당해서 그쪽의 난 외롭지 않을까──라는 생각이 순간 머릿속을 스쳤지만 도플갱어의 시선에 묘한 우월감이 섞여있다는 걸 깨닫고 그런 생각은 깨끗하게 흩어졌다.

이 녀석…… 오미야에서 우루마 사츠키를 조우했던 그날 밤, 토리코 방에 가서 먼저 키스 받았구나?!

한순간에 손바닥 들여다보듯 상황을 이해하고 말았다. 어쨌든 상대는 나였다.

"이제…… 이제 됐잖아, 토리코, 잠깐만! 그만해!"

숨쉬기 괴로워져서 난 토리코를 밀어냈다. 찌릿 노려보았지만 흡족한 얼굴을 하고 있어 화낼 생각을 잊어버리고 말았다.

아까 날 덮친 체념과 관망은 깨끗하게 씻어 낸 것처럼 사라진 후였다. 키스 덕분인지, 그렇지 않다면 도플갱어에 대한 조바심 탓이겠지.

직시하지 않으려고 주의하면서 우루마 사츠키 쪽을── 아니, 우루마 사츠키였던 존재의 모습을 엿보았다. 긴 목을 세게 흔들면서 날뛰는 우시오니와 멈춰 선 검은 옷의 여자. 그러고 보니 우시오니와 관련된 전승 중에 다른 요괴인 〈누레온나〉와 함께 나타난다는 이야기도 있었던 것 같다. 우루마 사츠키를 억지로 〈소의 목〉으로 꾸미려던 게 실패한 결과, 유사한 문맥으로 수습한 걸지도 모른다.

축제에서 미친 듯이 춤추는 귀신 얼굴을 한 짐승을 상대하고 있는 이 상황은 「사자춤」이 끼어든 러브호텔 여자 모임을 어쩔 수 없이 연상시켰다. 거기까지 생각이 이르렀을 때 나는 술에 만취해 기억을 잃고 춘 바롱 댄스 같은 게 예언, 계시 혹은 예행연습 같은 것이었다는 것을 깨달았다. 왜냐하면── 우루마 사츠키를 완전히 제령하기 위해 지금 이 자리에서 내가 해야 할 대사를 알아버렸기 때문이다.

루나도 코자쿠라도 토리코도 각자가 우루마 사츠키에게 전할 말을 갖고 있었다. 같은 장례식에 참석한 내가 아무 말도 하지 않은 채로는 끝나지 않겠지.

그렇다 해도 내가 이런 말을 하는 처지가 될 줄이야…….

납득이 되기도 하고 안 되기도 하는 복잡한 기분으로 난 입을 열어 우루마 사츠키를 향해 말을 내뱉었다.

"당신이 건드렸던 아이들, 전부 다 **보살펴줄게.** ──그러니까 이제 두 번 다시 그 얼굴 보여주지 마."

시작된 의식은 제대로 끝내야 했다. 난 책상 위에 손을 내밀고 다시 한 번 10엔짜리 동전에 손가락을 올렸다. 책상을 사이에 두고 토리코도 똑같이 했다. 분신사바 중엔 10엔짜리 동전에서 손가락을 떼선 안 된다는 이야기도 있지만 카드 게임 수준으로 로컬 룰이 있는 풍속이니 불리한 부분은 무시하기로 했다.

토리코와 시선을 교차시키며 난 말했다.

"사츠키 씨, 사츠키 씨, 부디 돌아가십시오."

반응을 기다리지 않고 토리코가 억지로 손가락을 움직였다. 10엔짜리 동전이 〈네〉를 경유해 신사 기둥문으로 돌아왔다. 우리는 마지막 말을 건넸다.

"감사합니다. 안녕히 가세요!"

알려주지도 않았는데 석별의 말이 토리코와 딱 맞았다.

그 다음 순간, 밖에서 덜커덩 바람소리가 들리더니 포장막이 밑에서 젖혀지듯 날아올라갔다. 갑자기 외부 세상이 드러났고 세차게 부는 바람에 얼굴을 덮였다.

재차 눈을 떴을 때 주위 풍경이 완전히 달라져 있었다. 황폐한 마을은 자취도 없이 사라졌고 우리는 바다가 내려다보이는 제방 위에 서 있었다. 현실 세계였다. 우시오니도 장례식장에 늘어서 있던 파이프 의자도 사라진 후였다. 오랫동안 건물 밖에 방치되어 있던 것처럼 보였던 학교 책상이 우리 앞에 덩그러니 놓여 있었고 바람이 분 그 순간 노트가 탁 닫혔다.

내려다보이는 모래사장 물가에 검은 옷을 입은 여자가 서 있
는 것 같은 기분이 들었지만 그것도 한순간이었고 다시 바라봤
을 때는 마치 바다 속으로 걸어간 것처럼 사라진 후였다.

5

며칠 후——. 난 혼자 코자쿠라 저택을 찾았다. 장례식에서
무사히 돌아온⋯⋯아니, 살아서 돌아온 후 코자쿠라는 정신적으
로 상당한 충격이 남은 듯했기 때문에 역시 걱정이 됐다.

현관에서 날 맞이한 코자쿠라는 생각보다 잘 지내는 것 같았
다. 기분이 안 좋은 건 평소와 다름없었지만 어딘가 지금까지와
는 달리 후련해보였다.

본인에게도 그렇게 전했더니 그럴지도 모른다고 수긍했다.

"역시 계속 마음에 걸렸었나봐. 당연하겠지만. 그만큼 친했던
인간이 갑자기 사라지고 신경 쓰이지 않을 리가 없지."

편안한 움막 같은 거실, 의자 위에 앉은 코자쿠라는 그렇게 말
했다. 안정된 어조였다.

"마음 정리를 할 기회를 만들어줘서 소라오에게는 고마워."

"아뇨, 딱히 그렇게 인사 받을 만한 일은⋯⋯."

얌전히 인사를 건네서 난 도리어 불편해졌다.

"억지로 이야기를 진행해버려서 괜찮을지 걱정했어요. 세 사
람 모두 나보다 훨씬 사츠키 씨에 대한 마음이 강한 건 알고 있
으니까⋯⋯."

"그렇게 마음을 썼었구나, 소라오가."

"생각만 했을 뿐, 특별히 케어하진 않았지만요."

그런 점이 문제라고 태클을 거는 말투가 평소보다 부드러워서 불안해졌다.

"정말 괜찮으세요?"

"난 정말 괜찮아. 토리코랑 루나가 더 대미지가 크겠지."

루나는 우루마 사츠키를 통해 이세계 심층부와 접촉한 탓에 몸에 부담이 간 모양인지 그 이후 DS연구소로 되돌아갔다. 의식은 돌아왔지만 체력이 회복될 때까지 또 방음 병실에 누워있어야 할 처지가 되었다. 지금쯤 지루하다고 투덜거리고 있을까, 아니면 그럴 기력도 없을까.

토리코는 말로는 마음을 정리했다고 했지만 그 이후에는 연락도 삼갔다. 상을 치렀다고 생각하면 이상하지도 않았다. 식사는 제대로 하고 있는 듯해서 그냥 놔두고 있었다.

"나랑 사츠키는 토리코보다 훨씬 전에 끝났으니까. 이제 와서 그렇게 침울할 정도도 아니야."

"그럼 다행이지만요."

"실제로 이번에도 토리코랑 소라오 앞에는 나타났지만 내 앞에는 얼굴을 한 번도 보여주지 않았어. 괴물로 변해서도 그렇게 타산적이라니, 역시 짜증난다니까."

"안 나오는 게 더 나아요. 애초에 괴물로 변해서 등장하면 코자쿠라 씨도 무서울 거 아니에요."

"그것과 이건 다른 이야기야."

아련한 눈으로 코자쿠라는 말했다.

"즐거웠던 시기도 있었어. 마침 지금 소라오가 앉은 거기 둘이 앉아 뭔가 먹고 잡담하고 뒹굴고. 서로 마음대로 행동해도 전혀 신경 쓰지 않는 그런 시간을 보낸 적도 있었어……."

비꼬는 듯 미소를 띠면서 덧붙였다.

"뭐, 그 녀석은 진짜 짐승만도 못한 녀석이었으니까 오래는 이어지지 않았지만."

난 다시 한 번 주변을 둘러보았다. 항상 아무 생각 없이 앉았던 이 소파에 과거에는 사츠키 씨가 앉아 있었다고 생각하면 왠지 묘했다.

그러다 소파 등받이와 쿠션 틈새에 사진이 한 장 끼여 있는 게 보였다.

그걸 꺼내보니 사진 속엔 코자쿠라가 있었다.

스트리트 스냅이라고 하던가. 저택 문 앞에서 정면으로 찍힌 서 있는 모습. 원피스에 셔츠를 겹쳐 입은 어른스러운 차림이었다.

긴장이 풀린 표정을 보면 허물없는 인간과 함께 있다는 걸 알 수 있었다. 나나 토리코와 만났을 때의 신경질적인 모습이 아니었다. 자연스럽고 부끄러워하는 미소는 솔직히 귀여웠다. 계절은 봄이었는지 밝은 햇살과, 배경인 저택과 나무숲의 어둠이 선명한 대조를 이루고 있었다.

화면 앞쪽 길 위에 카메라를 든 촬영자의 그림자가 보였다. 그림자 모양으로 봐선 머리가 긴 여성이라는 걸 가까스로 알 수 있었다.

"이거, 떨어져 있었어요."

손을 뻗어 건네자 코자쿠라는 조용히 사진을 받아들고 잠시 아무 말 없이 바라봤다.

"……멋진 사진이야."

"그러게요."

"얼굴도 안 보여주더니 대신 사진 한 장이야? 그 녀석은 진짜 의리 없는 멍청이야."

그 말만 하고 또 사진으로 시선을 떨궈 깊은 생각에 잠긴 듯 입을 다물고 있었다.

"아, 저기…… 혹시 울어요?"

무언 속에 소용돌이치는 감정의 파도를 느끼고 동요한 난 무심코 물어보고 말았다. 차차 자각하게 됐는데 아무래도 난 누군가가 울거나 화내거나 내 앞에서 감정을 드러내는 상황을 싫어하는 것 같았다.

코자쿠라는 실소하며 말했다.

"소라오…… 지금 여기서 그런 걸 물어보는 거야?"

"죄송합니다."

"그건 괜찮지만 한 가지 알려줄게."

전에 없이 다정하게 코자쿠라는 미소 지었다.

"어른은 말이야, 어린애 앞에서는 울지 않아."